그러니까 고개 들어

지은이 / 서준호

초등학교 교사이자 심리극과 가족 세우기 치료사, 놀이 전문가, LCSI 종합성격 검사 전문가이다. 좋은 교육으로 아름다운 세상을 만들자는 비전으로 설립된 '사람과교육연구소'에서 마음연구소 소장으로서 교사들을 다독이고 격려하는 성장교실을 운영하고 있다. 지은 책으로는 『서준호 선생님의 토닥토닥』, 『서준호 선생님의 마음 흔들기』, 『서준호 선생님의 학교 흔들기』, 『6학년 담임해도 괜찮아』, 『서준호 선생님의 교실놀이 백과239』, 『서준호 선생님의 강당운동장놀이 189』 등이 있다.

그린이 / 이올림

일러스트레이터이자 그림책 작가이다. 호서대학교에서 애니메이션을 전공하고 브라이턴대학교에서 일러스트레이션 석사학위를 받았다. 현재 그라폴리오에서 일상 속 감사를 주제로 '감사를 그리다'를 연재하고 있으며, 서울의료원 컬러링 도안 작업, 『My Sweet Memories of Hawaii』 삽화, 앨범 커버 아트 작업 등 다양한 일러스트레이션 작업을 하고 있다. 지은 책으로는 『큰 토끼 작은 토끼』가 있다.

그러니까
고개__들어

초판 1쇄 발행 2019년 11월 22일
지은이 서준호
그린이 이올림
펴낸이 이형세
펴낸곳 테크빌교육(주)
책임편집 이윤희 | **디자인** 어수미 | **제작** 제이오엘앤피
테크빌교육 출판 서울시 강남구 언주로 551, 5층 | **전화** (02)3442-7783(142)

ISBN 979-11-6346-066-4 03810
책값은 뒤표지에 있습니다.

테크빌교육 채널에서 교육 정보와 다양한 영상 자료, 이벤트를 만나세요!

블로그 blog.naver.com/njoyschoolbooks
티처빌 teacherville.co.kr
쌤동네 ssam.teacherville.co.kr

페이스북 facebook.com/teacherville
티처몰 shop.teacherville.co.kr
키즈티처빌 kids.teacherville.co.kr

그러니까

고개 ＿＿ 들어

서준호 글 · 이올림 그림

테크빌교육

Thank to Jina

원치 않게
누군가에게
상처받은 것처럼

사람에게 받은 상처는 사람에게 치유받는다. 상처를 주는 대상도 사람이고 그 상처를 녹이고 다독이는 것도 사람이다. 원치 않게 누군가에게 상처를 받은 것처럼 나 또한 누군가에게 상처를 주기도 한다. 세상은 무서운 곳일 수도 있지만 가만히 느껴보면 감동이 가득한 곳이다. 언제나 이렇게 양면이 자리하고 있다.

삶을 살아가면서 나 또한 여러 상처가 생겼다. 여러 노력으로 하나씩 녹이고 해결해왔다. 그러면서 우리 주변엔 좋은 사람이 더 많고, 세상은 좋은 곳이고, 생각보다 많은 사람이 위로와 격려를 나누려 한다는 것을 알게 됐다. 나를 더 사랑할 수 있게 됐다. 이 과정이 쉽지 않았지만, 흔들림은 줄어들었고 삶은 조금 더 평온해졌고 남에게 위로와 격려를 나눠주고 어깨 위에 손을 올릴 수 있게 됐다.

이 과정 내내 교사, 남편, 아빠, 자녀, 심리치료사 등 다양한 역할로 세상을 살았다. 그렇다 보니 내게 생긴 크고 작은 이해와 통찰은 매번 달랐다. 가정에서 생기기도 했지만, 학교에서 또는 길을 걷다 우연히 찾아왔다. 그 안에 사색이 있었고, 나만의 짧은 글쓰기가 있었다. 그리고 그 일부를 이곳에 모았다. 글을 쓰면서 나를 돌아보고, 사람을 더 이해할 수 있었으며 내 감정을 조금 더 다듬을 수 있었다.

무엇보다 내가 맡아 진행하고 있는 성장교실에서 사람에 대해 이해하게 된 것들이 많다. 매해 교사 스물다섯 명을 대상으로 크고 작은 문제를 해결하고 다독이면서 그 변화 과정을 지켜보았다. 현재의 문제는 과거에 심어진 씨앗에서 기인한 것이 많았다. 다른 사람의 패턴을 통해 내게 자리 잡은 패턴도 함께 살펴볼 수 있었다. 우리는 서로를 위로하고 격려했다. 서로 무조건적으로 지지해주는 공동체가 있다는 사실만으로 힘을 냈다. 그러는 사이 우리의 삶이 변화했다.

성장교실에서는 저녁이 되면 심리극을 진행했다. 주인공(내담자)의 문제를 재연하고 극적인 요소를 이용해 문제를 해결하고 위로를 나눴다. 그 과정에서 성장교실 참여자들은 주인공의 가족이나 갑질하는 사람, 헤어진 남자 친구, 이른 나이에 돌아가신 부모님 등 여러 사람 역할을 해본다. 심리극이 진행될수록 참여자들은 상황을 깊이 살펴보게 되고, 사람을 이해하면서 동시에 치유의 장안으로 들어간다. 함께 성장하고 삶이 바뀌는 순간을 경험한다.

이 책을 펼친 분들도 우리의 삶과 사유의 일부를 읽어가면서 심리극 속 누군가가 되어 조금 더 이해하고 통찰하는 시간을 갖게 되고, 그러면서 조금 더 마음이 편해지고 사람에 대한 이해가 자라게 된다면 정말 기쁘겠다. 무엇보다 책을 읽어가는 사이사이 나 스스로를 위로하고 다독이고 스스로에게 선물을 주면서 함께하길 빈다.

차 례

Part 4

행복의
지도

위로가
필요할 때

딸을 위한
그림자극

딸이 여섯 살 때, 하루는 유치원에서 전화가 왔다. 미술 활동 시간에 다른 친구 자리에 앉아 그림을 그리는 실수를 하고는 그만 펑펑 울었다면서, 집에서도 토닥토닥 해주면 좋겠다는 내용이었다. 딸에게 실수해도 괜찮다고 안아주면서 위로해줄까 하다가, 자기 전에 항상 이야기를 들려주던 터라 그 시간을 이용해 딸이 스스로를 위로할 수 있게 해주자 싶었다.

딸과 함께 읽었던 동화 『종이 봉지 공주』에서 공주와 왕자, 용 그림을 라벨지에 복사해 오린 뒤, 주방에서 찾아낸 요리용 꼬치에 붙여 종이 인형을 만들었다. 종이 인형을 들고 딸아이의 방에 들어가 불을 끄고 아이와 함께 바닥에 누웠다. 그런 다음 스마트폰의 플래시를 천장을 향해 쏜 뒤 그림자극을 시작했다.

"옛날에 한 공주가 있었어. 공주는 왕자를 정말 좋아했지. 하루는 궁궐에서 파티를 열기로 했어. 파티를 위해 공주랑 왕자, 용은 열심히 궁궐을 꾸몄지. 공주는 가위를 가지러 방에 다녀왔는데, 그만 왕자 자리에 앉아 장식을 계속 만들었지. 그 자리가 왕자 자리인 줄은 몰랐던 거야. 장식용 방울을 가지러 자리를 떴던 왕자가 돌아와서 공주를 보고 '어, 거기 내 자리인데. 빨리 나와줘.'라고 했지. 공주는 왕자를 좋아했던 터라 그 말에 그만 울어버렸어. 으아아아아아아앙~"

나는 일부러 더 과장되게 울음소리를 내면서 공주가 몹시 속상해하는 모습을 표현하려고 애썼다.

그리고 잠시 뒤, 옆에서 그림자극을 보던 딸에게 물었다. "저 공주가 크게 울고 있는데, 공주를 어떻게 위로해줄 수 있을까? 뭐라고 이야기해주고 싶니?"

그러자 아이가 공주를 향해 큰 소리로 말했다. "공주야, 괜찮아. 누구나 실수를 할 수 있어. 다음엔 자리에 이름표를 붙이면 돼."

나는 공주 인형을 딸아이 쪽으로 향하게 하며, "정말 괜찮아? 왕자가 싫어하지 않을까?" 하고 말했다. 그러자 딸은 "괜찮아. 왕자도 네가 실수한 것 때문에 그런 게 아니라 자기 자리라고 그냥 이야기했던 거야. 실수해도 괜찮아." 하고는 손가락으로 그림자를 만들어 공주를 토닥였다.

그림자극은 딸의 위로 덕에 공주가 힘을 내서 왕자와 용과 다시 재미있게 파티 준비를 한다는 이야기로 마무리됐다. 그림자극을 끝내고, 딸에게 혹시 공주와 비슷한 일이 있었는지 물어봤다. 그러자 눈에 눈물이 맺히더니 내 품에 쏘옥 안기면서 고개를 끄덕였다. 나는 딸을 토닥이며 "괜찮아. 누구나 실수는 할 수 있어. 실수해도 괜찮아. 사랑해."라고 말하고, 딸을 안았다.

서로가
토닥토닥

이야기를 온전히 들어주는 것,

그것은 시간과 마음을

나눠주는 것이기에

항상 고맙다.

똑똑, 아침 일찍 누군가 교실 문을 두드렸다. 문을 여니, 동료 교사가 커피 한 잔을 쏙 내밀었다. 동 학년도 아니고 생활하는 건물과 층도 다른데 내 교실까지 오다니, 반가운 마음 못지않게 방문의 이유가 궁금했다.

커피를 한 모금, 두 모금 넘기며 가벼운 이야기를 하던 그녀가 조심스럽게 도움을 요청했다. 학교 내 동료 교사와의 관계 속에서 문제가 생겼다는 것이다.

교내 교직원 자녀의 담임을 맡게 되었는데, 그러면서 미묘하게 어려움을 겪고 있다고 했다. 서로 다른 성향 탓에 학급 운영이나 수업 방식 또한 다를 수밖에 없는데, 학부모로도 만나다 보니 때론 눈치도 보이고, 대화를 할 때 평소와 달리 자신의 말을 조금 왜곡해서 받아들이는 듯해서 고민이라고 했다.

그녀가 말하는 난감했던 상황들을 커피 잔을 든 채 말없이 가만히 들어주었다. 시간이 지나고 이야기가 뒤로 갈수록, 그녀의 얼굴과 목소리에서 편안함이 느껴졌다.

결국에는 "이야기하다 보니 어떻게 하면 좋을지 감이 왔다."며, "지금 선생님에게 이야기했던 것처럼 속마음을 그냥 이야기할래요."라고 했다. 그러고는 고맙다고 인사하며 교실을 나섰다.

다음 날 아침, 그녀는 나와 이야기를 나눈 덕에 모든 일이 잘 해결됐다면서, 직접 구운 브라우니를 주고 갔다. 내가 특별히 갈등 해결 기법을 사용하거나 해결책을 준 것이 아니었기에, 조금 쑥스러웠다.

내가 가진 능력을 사용해서 도와주는 것도 행복한 일이지만, 가끔 이렇게 누군가의 이야기를 가만히 들어주는 것만으로 상대에게 힘이 된다는 것 또한 너무 기쁜 일이다.

생각해보니, 나도 학교에서 어려움이 있을 때, 찾아가는 선생님이 몇 분 있다. 역시 커피를 들고 가거나 때론 아내의 쿠키를 들고 가서 수다를 떨고 온다.

이야기를 온전히 들어주는 것, 그것은 시간과 마음을 나눠주는 것이기에 더 고맙다. 특별한 장소나 문제 해결 프로그램이 아니어도, 이렇게 함께 생활하는 선생님들이 내 치료사이고 상담사일 때가 있다. 나 역시 그들에게 치료사이고 상담사가 된다. 서로를 토닥이는 이 모든 게 좋다.

안아주다

내가 운영하는 성장교실은 한 달에 한 번 문을 여는데, 지난 한 달 간 있었던 일 중 고민스러운 일을 나누면서 솔루션을 받거나, 지난 모임에서의 배움을 통해 삶에 어떤 변화가 있었는지를 이야기 하는 '근황 토크'로 시작한다. 한번은 근황 토크 중에 모두가 울컥 한 일이 있었다.

한 선생님이 차분히 이야기를 들려주었다.

"제가 근무하는 곳은 신설 학교인데, 그렇다 보니 할 일이 많고 처리해야 할 공문도 많아요. 업무량에 비해 사람이 적어 여러 힘든 일이 생길 수밖에 없는데, 하루는 정말 분류하기 애매한 공문으로 행정실 직원들과 교사들 사이에 다툼이 생겨버렸어요. 한자리에 모여 공문 분류를 놓고 회의를 하다 감정이 격해져 서로 멱살까지 잡기에 이르렀습니다. 그 다툼을 지켜보던 저는 자리에서 일어나 행정실 직원부터 교사, 관리자까지 한 사람씩 안아줬어요. '괜찮아요. 고생하고 계신 것 알아요. 힘내세요.' '우리 모두 서로를 미워하는 것을 멈춰 봐요.' 이렇게 말하면서요. 그러자 행정실 직원, 교사, 관리자 분들 모두 눈에서 눈물이 흘러내렸어요. 모두들 격한 마음이 순식간에 사라졌고요.

사실, 우리는 모두 싸움이 아닌 위로를 받고 싶었을지도 몰라요. 다시 시작된 회의에서는 서로가 양보하기 시작했고 불편함을 조금씩 더 나눠 가졌습니다. 그러다 보니 공문이 자연스럽게 분류됐지요. 더 이상 다투지 않았고요."

그 선생님은 안타까운 마음으로 다툼을 지켜보던 중 성장교실 안에서 서로를 안아주던 경험과 그 안에서 가슴이 따뜻해졌던 느낌이 기억나, 자신도 모르게 사람들을 안아줬다고 했다. 또 그때 일을 생각하면 쑥스럽지만, 사람들을 안아주길 잘했다는 생각은 변함없다고 했다.

누군가를 따뜻하게 안아주고 위로하는 일은 때로 일에서든, 인간관계에서든 어려움을 풀어내는 가장 좋은 열쇠가 된다. 특별한 말이 없어도 된다. 가까운 누군가가 힘들어한다면 그를 위해 나의 품을 내어주자. 안아줄 땐 먼저 내 몸의 긴장을 풀고, 손으로 다독이기보다는 그냥 안은 채로 속으로 '힘내세요.' 하고 말해보자. 온전히 상대방을 위해 품을 내어주자. 내 몸과 마음이 힘들다 생각되면 때론 안겨보자. 안겨보는 것도 괜찮다.

묘하게
꼬인 날

때론 전혀 예상치 못한 곳에서
위로를 받기도 한다.

하루는 교실에서 생기는 소음이 통제되지 않아 힘든 마음에 나도
모르게 버럭 화를 냈고, 그 뒤 학부모들이 서운하다며 교실에 찾
아왔다. 나름 아이들에게 최선을 다하고 있는 중이었는데, 묘하게
꼬인 날이었다.

　무력감을 등에 업고 퇴근길에 올랐다. 학교를 빠져나와 집으로
가던 길에 정지선에서 차를 멈췄다. 그 순간 차 앞으로 몇 년 전에
내 반이었던 '녀석'이 지나갔다. 죽고 싶다며, 내가 자신의 아빠 같
은 사람이 되어주길 바랐던, 과거에 겪은 일들 때문에 공포와 좌

절이 온몸에 깊이 박혀 몸을 오그린 채로 걸어다녔던, 사람에 대한 상처와 미움을 가지고 살았던, 그래서 '넌 아무런 잘못 없어'라는 말로 위로하고 또 위로해야 했던 그 녀석이었다.

방과 후엔 심리극으로 상처를 다독여주고 마음에 좌절감이나 누군가에 대한 증오심이 올라오면 글로 토해내도록 노트를 처방전으로 주었던 일부터, 헤어짐을 앞두고 자아개념이 7.5에서 79.7까지 올라간 LCSI 성격검사지에 기뻐하던 모습까지 모두 떠올랐다.

나는 재빨리 자동차 창문을 내리고 이름을 불렀다. 그리고 차를 가까운 길가에 세웠다. 깜짝 놀란 녀석은, 보고 싶었다면서 내 손을 꽉 잡았다. 내 처방전이 계기가 되어 시작한 글쓰기로 각종 대회에서 큰 상을 받았고, 가슴 펴고 중학교 생활 잘 하고 있으며, 사제가 되어 타인의 상처를 다독여주는 일을 하고 싶다는 등 재잘재잘 이야기를 풀어놓았다. 자세히 보니, 몸도 펴져 있고 목소리 톤도 올라가 있었다. 보기 좋았다.

헤어지기 전, 앞으로도 잘 지내라고 하면서 안아줬다. 녀석은 내 품속에 더 있으려 하며 내 손을 놓지 않았다. 그러더니 한 걸음 물러서서 "선생님, 고맙습니다." 하고 인사했다. 왠지 모를 울컥함이 올라왔다. 녀석과의 만남 덕분에 무겁게 자리했던 무력감이 씻은 듯 사라졌다.

그래, 네가 나를 위로하려고 이 길로 걸
어왔나 보다.
고맙다. 위로해줘서.

위로와
격려

내 워크숍 속에는 서로 위로와 격려를 나누는 활동이 있다. 참여자 모두가 '내가 정말 받고 싶은 위로와 격려의 말'을 생각해본 뒤, 그 말을 손바닥 절반 크기의 종이 카드에 쓴다. 그 카드를 들고 한 걸음, 두 걸음 걷다가 누군가와 얼굴이 마주치면 카드에 쓰여 있는 자신의 이름과 문구를 활용해 위로의 말을 건네며 안아주고 토닥여주는 활동이다.

이 활동을 마무리할 즈음에는 참여자들의 카드를 한데 모은다. 그런 다음 여러 카드 문구 중에서 현재 분위기에 어울리는 단어를 뽑아 새로운 문장을 만든다. 참여자들은 모두 두 명씩 짝을 이루어 상대의 눈을 보면서 내가 읽어주는 문장을 마음에 담아가며 소리 내어 말한다. 그럴 때면 언제나 우리 모두에게 따뜻함이 자라나고 가슴 깊은 곳에서 울컥함이 올라오며 서로 포옹과 위로를 나누게 된다.

워크숍에 참여하지 못해 아쉬워하는 분들을 위해 우리가 서로에게 건넨 그 글의 일부를 이곳에 남긴다. 주변에 힘들어하는 누군가가 있다면, 눈을 보고 따뜻한 미소와 함께 이 글을 떠올려 말해주자. 때론 손을 잡고 잠깐 옆에 머물러 있어주자.

때론 나에게 이 글을 나에게 읽어주자. 거울 앞에 서서 거울 속에 있는 나의 눈을 마주 보며 얼굴에 따뜻한 미소를 지은 뒤, 이 글을 한 문장씩 거울 속 나에게 들려주자. 워크숍에서의 그 위로와 격려가 당신에게까지 전달되길 바라며….

가끔 힘들 때도 있어. 괜찮으니까 고개 들어.
네 잘못이 아니야. 충분히 잘 하고 있어.
그러니 힘내.

티슈
한 장

"음, 이 일을 선생님이
어떻게 도와줄까?"

감기 때문에 코를 훌쩍이다 티슈 몇 장을 주머니 속에 넣고 교감실을 향해 걸어갔다. 그러다 화장실에서 울면서 나오는 우리 반학생 한 명을 만났다. 이유를 물어봤더니, 방과후교실에서 선생님에게 꾸중을 들었는데, 그 일로 엄마에게 또 꾸중 들을 것을 생각하니 슬퍼서 운다고 했다.

나는 아이를 다독이면서 자세한 사정을 물었다. 아이는 매일 엄마에게 학교에서 있었던 일을 솔직하게 이야기해야 하는데, 자기가 실수한 일을 털어놓으면 매번 "네가 똑바로 했어야지!"라고 꾸중을 듣는다고 했다. 아이는 다가올 또 한 번의 꾸중이 몹시 괴로운 듯했다. 이중처벌은 아이들에게 상처를 주기에 그냥 지나칠 수 없었다.

"음, 이 일을 선생님이 어떻게 도와줄까?"

하지만 아이는 도와주지 않아도 괜찮다고 했다. 아이 엄마에게 전화해서 '지금은 다독여주고 격려해주세요'라고 이야기하고 싶은 마음이 굴뚝같았지만, 아이는 나에게 이야기를 한 것만으로 괜찮아졌다면서 그냥 가겠다고 했다. 그러면서도 눈물을 뚝뚝 흘렸다. 눈물이 마음에 걸렸다. 마침 주머니 속 티슈가 기억났다.

"선생님은 네 눈물이 마음에 걸린단다.
닦으면서 가렴. 힘내라."

티슈를 예쁘게 접어서 아이 손에 건네줬다. 그러자 아이는 내 눈을 똑바로 마주하고 씨익 웃었다. 그리고 집으로 향했다. 다행이었다. 티슈 한 장이 주머니 속에 있어서.

달달
떨리는 손

내가 누군가에게 화를 냈는데,

그것이 내 아이에게로 돌아온다면…

우리 반 단원평가 채점을 학년부장과 함께 하고 있는데, 같은 학년 선생님이 찾아왔다.

"부장님, 어떡해요."

그 선생님은 눈물을 흘리고 있었다. 이야기를 들어보니, 아이들이 서로 다투다가 한 학생의 옷이 조금 찢어졌다고 한다. 그래서 학생의 부모에게 전화를 걸어 상황을 이야기했는데, 학생의 아버지가 다짜고짜 소리를 지르며, 담임은 도대체 뭘 했길래 그런 일이 생기냐면서 화를 냈다고 했다. 선생님은 너무 무서워서 통화

33

를 마치고 곧장 달려왔다고 했다.

그 선생님은 눈물만 흘리는 게 아니라 목소리도, 스마트폰을 잡고 있는 손도 달달 떨리고 있었다. 잠깐 손을 잡아주었다. 컵에 물을 받아 그 선생님 앞에 놓아주며 조금 안정을 찾기를 기다렸다. 그리고 잠시 후, 학년부장이 이 일은 관리자와 함께 이야기를 나누고 조언을 구하는 것이 나을 것 같다며 함께 교감실로 향했다.

학교에서 아이에게 좋지 않은 일이 생겼을 때, 부모의 감정 처리 방식은 자녀뿐만 아니라 담임 선생에게도 작동된다. 부모의 화를 잘 살펴보면, '내게 생긴 이런 일을 어떻게 해야 할지 모르겠어요. 여러 복잡한 일들로 답답함을 갖고 세상을 살고 있는데, 왜 당신은 내게 또 답답함을 주나요?'와 같은 마음에 욱하고 상대에게 풀어버리는 경우가 많다.

내 아이가 다른 아이들과 놀다가 옷이 찢겼는데, 담임에게 소리 지르고 화를 내면 옷이 원래대로 복구되고 아이에게 일어났던 일이 없어질까? 담임의 마음은 어떠할까? 그런 일이 있기 전과 후에 아이와 그 부모에 대한 생각에 변함이 없을까? 시간이 지나 아이가 한 학년 올라가게 되면 어떨까?

이런 사건은 여러 교사가 이 학생이 있는 학급을 꺼리게 만든다. 실력과 경력이 있는 교사도 그 마음은 다르지 않다.

그 일이 있고 며칠 뒤, 학생의 아버지는 자신의 행동이 부끄러웠는지 학교에 찾아와 죄송하다고 사과의 말을 하고 갔다. 하지만 얼마 후 학급에서 학생에게 그 비슷한 일이 생기자 또 버럭 화를 내고 며칠 뒤에 사과하는 패턴이 반복됐다. 나와 동 학년 교사들이 그 선생님을 위로했지만 끝내 선생님은 휴직하게 됐고, 그 교실은 더 엉망이 됐으며, 동 학년 우리 모두도 무기력해졌다.

나의 작은
상자

드립커피 한 봉지, 달콤한 초콜릿 몇 개,

토닥토닥 카드와 만원짜리 지폐 한 장,

'오늘은 놀아도 괜찮아!'

라고 쓴 쪽지 하나.

교사들 대상으로 워크숍과 심리극을 진행하다 보면, 교원평가 때문에 힘들어하는 선생님이 자신을 주인공으로 심리극을 진행해 달라고 할 때가 있다.

평가로 인해 생겼던 불편함에 대해 이야기를 나눠보면, 최선을 다했지만 점수가 낮게 나온 것이나, 한두 사람이 악의적으로 교사의 자질을 문제 삼거나 외모에 대해 평가를 해놓은 말에 상처를 받은 경우 등 다양한 이야기가 쏟아져 나온다. 그럴 때면 우리는 어떤 평가도구도 교사인 나를 100퍼센트 평가할 수 없고, 올해의 평가 결과가 내 모든 것을 대표할 수 없다고 서로에게 말해주며 심리극을 진행한다.

심리극 주인공이 된 교사에게는 먼저 기억에 남는 좋은 평가를 떠올려보라고 한다. 좋은 기억 하나하나를 말할 때마다 다른 교사들이 그의 어깨나 등에 손을 대도록 한다. 좋은 기억이 많으면 많을수록 그의 등 뒤로 사람들이 촘촘히 서 있게 된다. 그의 정면에는 자신에게 상처를 줬던 말(상처를 준 말을 한 사람) 하나를 세운다.

그러고 나서 심리극 주인공이 정면을 향해 "너 하나가 나를 대표하지는 않아!"라고 말하게 한다. 내게 좋은 시선과 따뜻한 마음을 보내준 사람이 더 많다는 것을 느끼게 해준다.

참여자 중엔 지난해 교원평가 점수 때문에 슬프고 화가 났는데, 올해는 학부모가 준 점수와 피드백을 보면서 감동해 눈물이 났다며, 집에 가서 읽고 또 읽었다는 선생님도 있었다.

나는 심리극에 참여한 이들과 교원평가 결과가 좋았던 이들 모두에게 평가 결과를 캡처해서 잘 보관해두라고 했다. 그리고 시간이 지나 다른 해에 교원평가 때문에 속상한 마음이 들거든, 좋았던 결과를 꺼내어 읽으며 '올해의 결과가 나를 대표하지는 않아.

내게는 좋은 평가를 보내줬던 사람이 이렇게 많아.' 하면서 스스로를 다독이라고 조언했다. 내게 감동을 불러일으켰던 지인이나 아이들의 편지, 사진 등 학교 안에서 행복했던 기억들을 모아두면, 학교생활 중에 찾아올 수 있는 무력감을 이 기억들이 완화해줄 거라고 말해주었다.

나는 평소 나를 기분 좋게 하는 박스를 만들어둔다. 작은 상자 안에는 드립커피 한 봉지, 달콤한 초콜릿 몇 개, 토닥토닥 카드와 만원짜리 지폐 한 장, '오늘은 놀아도 괜찮아!'라고 쓴 쪽지 하나가 들어 있다. 이 상자를 열어보면 정말 힘이 난다. 그 힘으로 여러 사람들에게 조언을 줄 수 있었다.

의심하지
마세요

그 순간 내가 그에게 온전히 마음을
내어줬던 것처럼 그도 나를 위로하고
격려하고 싶은 마음이었을 뿐이다.

"선생님, 심리극 보면서 선생님이 정말 사랑스러웠어요. 좋은 분
이니 지금 겪고 있는 힘든 일들, 다 잘 해결될 거라고 생각해요.
선생님, 힘내세요."

심리극을 끝내고 소감을 나누던 중, 한 선생님이 심리극의 주
인공에게 마음 담아 말을 건넸다. 고개를 돌려 주인공을 바라보
니, 얼굴이 살짝 굳어지면서 미묘한 변화가 보였다.

"혹시 위로의 말이 불편하신가요?"라고 물어봤다. 그러자 말없
이 고개를 끄덕였다.

누군가에게 위로나 격려를 받았을 때 감동을 받거나 힘이 나는 경우도 있지만 불편함을 느끼는 경우도 종종 있다. 자신을 항상 낮추는 경향이 있어서 타인이 건네는 위로, 격려, 칭찬 등으로 자신이 도드라지는 상황이 어색하고, 또 지금껏 그런 경험이 많지 않아서 어색하고, 자신이 그럴 자격이 있을까 하는 생각에 스스로를 부정하는 패턴이 내면에 자리하고 있기 때문이다.

나는 재빨리 이러한 패턴을 깨기 위한 심리극을 하나 더 만들었다. 심리극의 주인공이 슬픔에서 빠져나오는 장면을 설정한 뒤, 그 선생님으로 하여금 심리극 주인공에게 위로와 격려의 말을 하게 해보았다. 그러자 그녀는 "그동안 얼마나 힘드셨어요. 힘내세요. 할 수 있어요."라고 진지하게 말을 건넸다. 나는 그 모습을 보고 바로 질문했다.

"선생님, 주인공에게 한 말은 진심이 아니죠?"

"네? 아, 아니요. 정말 제 마음을 담은 건데요."

"조금 전 주인공에게 한 말은 그냥 듣기 좋으라고 한 말이 아니었어요?"

"아니지요."

"그러면 어떤 마음으로 하셨어요?"

"저분에게 힘이 되어주고, 응원하고 싶은 마음이었지요."

"네, 맞아요. 정말 마음을 담아서 위로해주는 게 느껴졌어요. 그렇다면 조금 전 선생님이 심리극 주인공에게 하셨던 것처럼, 선생님이 주인공으로 등장했던 심리극에서 다른 여러 사람이 준 피드백에도 마음이 담겨 있지 않았을까요?"

그 순간, 그녀는 눈물을 흘리면서 자신에게 따뜻한 말을 건넸던 이에게 가서 "고맙습니다. 정말 위로가 돼요. 그걸 이제야 알아차려서 미안해요."라고 말했다.

누군가에게 격려와 위로의 말을 들었을 때, 쑥스럽기도 하고 때로는 꾸며낸 말이라고 생각할 때가 있다. 하지만 우리가 누군가에게 온전히 마음을 내어줬던 것처럼, 그도 우리에게 위로하고 격려하고 싶은 마음일 뿐이다. 감사한 마음으로 받고, 고맙다는 말과 표정을 돌려주자.

다섯째 딸

어린 시절 존재감 없던
자신의 자리가 현재와 같은 고통,
사람에 대한 과한 애정과
집착으로 이어진 걸까?

몸과 감정에 대한 워크숍을 마치고 짐을 정리하는데, 한 선생님이
내가 쓴 『학교 흔들기』를 읽었다며 인사를 건넸다. 그리고 엄마가
병원에 입원해서 매일 오가며 간호하는 생활을 하고 있는데, 최근
갑자기 화가 올라온다면서 어떻게 하면 좋을지 도와달라고 했다.
워크숍은 끝났지만, 아직 자리를 뜨지 않은 몇 분의 선생님과 함
께 심리극을 진행하기로 했다.

그 선생님은 위로 네 명의 언니가 있고 아래로 동생이 한 명 있

는 다섯째 딸이었다. 이렇게 많은 자녀가 있건만, 다른 형제자매들은 엄마의 병간호에 신경 쓰지 않는 것에 화가 나 있었을 뿐 아니라, 자신이 노력한 것에 대해 수고했다는 말 한마디 없는 것에 분노하고 있었다. 게다가 이젠 몸까지 아파서, 감정적 상처에 가족의 시스템 문제까지 어떻게 해야 할지 모르겠다고 했다.

나는 그녀에게 제안했다. "나를 중심으로 가족을 감정적인 거리순으로 세운 다음 각자에게 질문을 하고 답을 들으면서 가족들이 나를 어떻게 생각하고 있는지, 또 어머니가 병원에 입원한 일에 대해 어떻게 생각하고 있는지 다른 관점에서 살펴보면 어떨까요?"

그녀는 심리극에서 동생과 언니 역할을 하면서, 너무나 잘해서 믿고 있으니 자신들이 쉽게 말을 꺼낼 수 없었다고 말했다. 그리고 병원에서 치료를 받고 있는 엄마를 돌보면서 그녀가 얼마나 힘들었는지 잘 몰랐다면서 미안하다고 말했다. 어머니 역을 연기했을 때는, 다른 자식들도 보고 싶으니 병원에 자주 왔으면 좋겠다는 말을 했다. 그 지점에서 그녀의 눈에서는 눈물이 흘러내렸다.

심리극을 마무리하면서 그녀에게 엄마와 언니, 동생 역을 하면서 느낀 점과 알게 된 점을 물어봤다. 그녀는 언니들과 동생이 엄마를 위해 무언가 할 기회를 자신이 뺏고 있었다면서 형제자매들이 돌아가면서 엄마를 보살피는 것이 좋겠다고 말했다. 또 자신의 속마음을 가족에게 표현하는 것이 가족 모두를 건강하게 하는 일이라는 이야기를 들려줬다.

그녀는 남자아이가 태어나길 간절히 바라던 집안의 1남 5녀 중 다섯째였다. 어렸을 적에 자신이 남자아이가 아닌 여자아이라서 실망스러운 눈길을 보냈던 아빠와 엄마, 또 그 둘의 사랑을 몰아서 받았던 동생을 보며 서운해했다. 존재감 없는 자신의 자리에서 생긴 상처가 현재의 노력과 고통으로 이어지고 있었다.

심리극을 끝내고, 나는 "지금까지 충분히 잘 했으니, 이제 선생님이 맡았던 일들을 가족과 나누어도 좋습니다. 당신 자신을 위해 당신의 시간과 에너지를 좀 더 사용해도 괜찮습니다."라고 말해주었다. 그녀는 엄마 역할을 하면서 느낀 바가 많다면서, 현재 자신을 둘러싼 많은 일을 함에 있어 큰 전환점이 되었다며, 다른 방식으로 그 일들에 접근하겠다고 했다.

며칠 뒤, 그 선생님에게서 전화가 왔다. 가족 전체 모임에서 자신의 속내를 이야기하고 도움을 요청했더니, 다들 몰랐다면서 위로해주었고 했다. 또 가족들이 되도록 돌아가면서 병원에 오가고,

십시일반으로 돈을 모아 간병인도 고용했다고 했다. 그녀는 예전처럼 화가 나지 않고 마음이 편해졌다며 고맙다고 했다. 학교에서도 일하는 패턴을 이런 방식으로 바꿔나가겠다고 했다.

그날에 짬을 내어 잠깐이나마 심리극을 진행해서 정말 다행이었다.

당신 잘못이
아닙니다

"네 잘못 아니다.
죄책감 느끼지 마라.
그리고 고개 들어. 네가 웃으면,
아빠도 행복하단다."

심리극 기법을 가르쳐주는 자리에서 생겼던 일이다. 이 과정은 세 명이 한 팀이 되어 심리극 진행자, 내담자, 보조자 역할을 돌아가면서 연습한 뒤, 최근 고민을 서로 해결해주는 실습으로 이루어져 있다. 한 사람이 다루고 싶은 '주제'를 이야기하면, 그 주제와 관련된 '사람'을 찾아보고, 그 사람과 역할을 바꿔서, 즉 그 사람의 관점에서 사건에 접근해보는 방식으로 진행된다. 대부분이 학생, 동료 교사, 친구와 관련된 주제로 실습을 한다. 그런데 한 여자 선생님이 돌아가신 아빠를 떠올렸다.

그 선생님은 실습이 끝났는데도 감정이 남아 계속 눈물을 흘렸다. 그녀와 함께 실습했던 사람들은 어찌할 줄을 몰라 했다. 나는 그녀를 위해 바로 심리극을 진행하기로 했다.

그녀의 아빠는 평생 가족을 위해 희생하며 살았다. 그런데 얼마 전 아빠가 교통사고로 갑자기 돌아가셨다. 그녀는 바쁘다는 핑계로 근래 아빠와 시간을 함께하지 못한 일, 아빠에게 퍼부었던 못된 말이 떠올라서 가슴이 더 아프다고 했다. 그래서 심리극 중에서도 영혼극을 진행하기로 했다.

조명을 어둡게 한 뒤, 심리극 참여자 중 남자 한 분을 그녀의 맞은편에 서게 하고 '죽은 아빠' 대역을 하도록 했다. 그녀가 아빠를 불렀다.

"아빠!!
아빠, 보고 싶어요!!
아빠, 하고 싶은 말이 많아요!!
잠깐만 오세요!!"

잠시 후, 아빠가 그녀 가까이 걸음을 옮기자 그녀는 아빠를 와락 안더니 펑펑 울기 시작했다.

"아빠, 미안해요. 아빠, 미안해요….
제가 모시러 가기로 했었는데,
혼자 걸어오게 해서 미안해요.
그러지만 않았으면…."

그녀는 그렇게 한참을 아빠 품에서 울었다. 우리는 가만히 기다려주었다. 충분히 울어야 떠나보낼 수 있으니까.

나는 그녀의 눈물이 잦아들기를 기다렸다가, 그녀가 안정을 찾자 아빠와 역할을 바꿔보도록 했다. 즉 아빠의 자리에 서서 아빠가 되어 딸(자신)을 바라보도록 했다. 그리고 딸이 하는 말을 들어보게 했다. 딸 역할자가 말했다.

"아빠, 저 때문에 돌아가셨어요."

그러자 아빠 역을 하고 있는 그녀가 "아니야, 네 잘못이 아니야!"라며 또다시 눈물을 흘렸다. 나는 그녀에게 질문을 던져서 그녀가 생각을 바꾸고 죄책감을 덜 수 있도록 유도했다.

"아버님, 정말 따님 때문에 돌아가신 건가
요?"

"아니요!"

"아버님, 따님 잘못인가요?"

"아니요!"

"아버님, 따님이 괴로워하는 모습을 보니
어떠세요?"

"마음이 아프죠."

"아버님, 따님에게 그 이야기를 해주세
요."

그러자 아빠가 딸의 손을 잡고 천천히 이야기를 시작했다.

"네 잘못 아니다. 아빠는 때가 되어서 간
거야. 그러니 죄책감 느끼지 마라. 그리
고 고개 들어. 네가 웃으면, 아빠도 행복
하단다. 이렇게 자꾸 힘들어하니, 아빠
마음도 아파.

앞으로 행복하게 살아. 그래야 아빠도 하
늘나라에서 행복하게 살지. 네 가족들과,
그리고 반 아이들이랑 즐겁게 살아. 아빤
항상 널 사랑한다. 내 딸이 되어줘서 고
마워."

다시 역할을 바꿔 그녀에게 아빠의 말을 들어보게 한 다음, 아
빠를 떠나보내며 심리극을 마무리했다.

그녀는 마음이 많이 편안해졌다고 했다. 무엇보다 심리극 속에
서 아빠의 '네 잘못 아니다'라는 말이 자신을 편안하게 만들었다고
했다.

심리극을 진행하는 동안 우리 모두는 각자 자신의 아빠를 만난
느낌이었다. 모두 눈물범벅이 됐으니 말이다. 그 선생님이 삶을
나눠준 덕분에, 심리극이 끝나고 우리는 각자 집으로 전화를 하
거나 문자를 하면서 아빠에게 오랜만에 '사랑해요'라는 말을 할 수
있었다.

존중

나에 대해 불만과 불평을 제기하는
사람을 만나면 먼저 이렇게 생각하자.
'그가 모든 사람을 대표하지 않는다.'

페이스북 메신저로 한 선생님이 내게 자신의 고민을 털어놓았다. 학교 공연을 위해 학생들과 함께 춤과 연극을 트로트 곡에 맞춰 만들었는데, 한 학부모님이 '가사가 수준 이하에 저속하고 교사가 생각이 없다'는 내용의 민원을 교감 선생님에게 넣었다는 것이다. 즐겁게 공연을 준비하고 있던 차였는데, 마음이 답답하고 우울해서 어떻게 해야 할지 모르겠다고 했다.

민원을 넣은 이는 전학 온 지 이틀 된 학생의 부모였다. 공연이 만들어진 과정을 알아보지도 않고, 아이의 담임 선생과 충분히 대화를 나누지도 않은 채 바로 관리자에게 전화를 한 것은 교사는 물론이고 반 아이들에게도 불편함을 줄 수 있는 행동이다.

"선생님, 참 속상했겠어요. 선생님은 잘못이 없어요. 학생들과 공연을 준비하는 과정에 그분은 있지 않았으니 그렇게 말할 위치는 아니란 생각이 듭니다. 전학 와서 갑작스럽게 민원 넣은 학부모도 있지만, 그보다는 선생님을 지지하고 응원하는 학부모가 훨씬 많다는 것을 기억하세요. 불편한 감정을 빼고 힘내서 반 아이들과 연습을 하세요. 선생님, 파이팅입니다!!!"

이렇게 상담 내용을 정리해주며, 학부모에게 사정을 이야기하고 그런 수업 상황이 불편하면 다른 대안이 있을지 물어보라고 조언했다. 학부모에게 상의를 구하는 말이 중요하다면서.

그 선생님은 요즈음 계속 우울하고 의욕이 바닥이었는데, 도움이 되었다면서 기분 좋게 대화를 마쳤다.

다음 날 그 선생님은 학부모에게 아이들과 논의하여 곡을 선정한 과정을 이야기했고, 그때 학부모도 함께했더라면 더 좋은 결과가 있었을 텐데 하는 아쉬운 마음을 건넸다. 그리고 혹시 함께할 수 있는 다른 방법이 있다면 적극 따르겠다고 했다. 여건상 그 대안을 채택하지 못하더라도 우리의 결정을 존중해주면 좋겠다고도 말했다. 그러자 학부모가 담임과 학생의 결정을 존중한다고 하며 대안이 없어서 미안하다고 말했다는 소식을 내게 들려줬다. 그리고 이제 그의 마음이 편안해졌다는 이야기도.

어떤 사람과 충분한 대화를 거치지 않은 상황에서 불거진 일방적인 불만과 불평에 대해서는, 항상 '그가 모든 사람을 대표하지 않는다'는 명제를 떠올려보자. 그리고 그에게 대화를 시도할 때는 문제를 해결하기 위한 대안을 함께 이야기해달라고 말하는 것도 좋다.

덜어내기

내가 짐을 모두 짊어지면
남에게 피해를 주지 않고
모두가 행복해질 거라고
생각하는 사람들이 있다.

"힘들어요."

처음으로 6학년 부장을 맡은 교사가 워크숍 도중 눈물을 흘렸다. 부장은 어떤 일을 하는 사람인지 표현해보라는 요구에, 업무를 상징하는 천을 어깨 위에 여러 개 걸쳐 보이던 중이었다. 부장으로서 여러 업무를 끌어안고 같은 학년 선생님들을 위한 일에 최선을 다했으나, 현재 자기 자신이 꽤 힘든 상태라는 것을 그 순간 인지했기 때문이다.

나는 워크숍 참여자 몇 명을 불러내 그 선생님 뒤에 세웠다. 그리고 같은 학교 6학년 선생님이라고 명명했다. 그런 뒤 '함께 근무하는 학년 선생님'의 눈으로 부장인 자신을 볼 수 있도록 그들 중 한 명과 역할을 바꾸도록 했다. "그 위치에 있으니 부장 선생님이 어떻게 보입니까?"라고 질문을 했더니, "부장이 힘들어해서 눈치가 보인다."고 답했다.

곧이어 부장의 업무를 다른 교사들에게 분담시키는 장면을 연출했다. 부장의 어깨에 둘러 있던, 각기 다른 업무를 상징했던 색깔 천을 참여자들에게 하나씩 나눠주면서 "부장 업무를 조금씩 나눠 받아가는 것입니다."라고 말했다.

그러자 부원 역할을 하던 부장 교사는 긴장이 풀린 듯 차분히 정리된 얼굴로, 마음이 좀 편해졌다고 말했다. 부원으로서 부장에게 한마디 해보라고 했더니, "혼자 끙끙대지 마세요. 함께 해요. 부장님의 어깨가 가벼워지니 제 마음도 편안해져요."라고 했다. 다시 원래의 부장 자리로 돌아와 무엇을 알게 됐는지를 물어보니, "내가 모두를 위해 했던 일이 불편함을 줬을 수도 있겠다는 생각을 했어요. 바꾸고 싶어요."라고 말한다.

내가 모든 것을 다 끌어안으면, 내가 짐을 모두 짊어지면 남에게 피해를 주지 않고 모두가 행복해질 거라고 생각하는 사람들이 있다. 사랑이 가득하고, 남에게 피해를 주지 않기 위한 마음이 많아서 그렇다. 하지만 그로 인해 또 다른 불편함이 생긴다는 것을 기억해야 한다. 나 자신의 마음에 안정감이 있어야 다른 사람들을 바라볼 수 있는 눈이 생긴다.

그리고 무엇보다 나와 일상을 같이하는 사람들을 믿어야 한다. 함께 생각을 나누고 어려움을 해결하고 충분히 감사하고 표현하면 된다. 또 내가 받은 도움은, 도움을 필요로 하는 누군가를 찾아 따뜻하게 다독이고 안아주는 것으로 돌려주자.

오그라들지
않도록

우리는 가끔 과거에 경험한
어떤 일 때문에 현재의 관계 속에서
움츠러들 때가 있다.

워크숍을 진행할 때였다. 교장 선생님 앞에만 서면 원하는 말을
하지 못해 답답하다며, 한 선생님이 심리극을 요청했다.

나는 그녀가 최근 경험한 일을 통해 관계 패턴을 파악하고자
그녀의 맞은편에 교장 대역을 세웠다. 그러자 잠시 뒤, 그 선생님
의 두 손이 앞으로 모였고 몸이 살짝 움츠러들었다. 나와 자유롭
게 대화하던 때와 달리 표정은 굳어져 있었고 고개를 숙였다가 흘
깃 교장 대역을 바라봤다. 어린아이가 어른에게 꾸중을 듣는 중에
주눅 든 모습과 비슷했다.

그녀에게 자신이 어떤 모습인지 알 수 있도록 그 모습을 재연해 보여주었다. 그러자 그녀는 눈물을 주룩 흘렸다. 자신의 몸이 조금 움츠러드는 것은 알고 있었지만, 이렇게 위축된 모습일 줄은 몰랐다고 했다. 나는 그녀의 눈물이 잦아들기를 가만히 기다려주었다.

잠시 후 그녀는 자신이 살아온 이야기를 들려줬다. 그녀의 아빠는 일찍 돌아가셨고 엄마는 새로 결혼을 하셨다. 가정 형편이 안 좋아서 엄마는 생계를 위해 바깥일에 집중했고 그녀는 집안일을 돕는 한편 어린 동생들을 돌봤다. 그런데 집안일을 하다가 실수를 하거나 동생들을 제대로 돌보지 못하면 엄마한테 크게 혼났다. 부족한 형편에 하고 싶은 일을 하지 못했고, 자기보다 남을 위해 평생을 살아왔다.

나는 그녀에게 스스로를 잘 위로해주고 안아줘야 오그라든 몸을 펴고 수그러드는 고개를 들 수 있다고 말했다.

"과거의 어린 나에게 다가가 안아주고 다독여주세요."

그녀는 또 한 번 울음이 터져버렸다.

나는 '과거의 어린 그녀'의 대역을 세웠다. 그녀는 어린 그녀에게 다가가 한참을 안아줬다.

괜찮아

"괜찮아.

이제 괜찮아.

다 지나갔어. 괜찮아."

나는 비슷한 경험이 있는 분들은 앞으로 나와서 함께 안아줘도 괜찮다고 말했다. 그러자 몇 사람이 천천히 걸어나오더니 함께 안 아줬다. 조명을 어둡게 하고 잔잔한 음악을 틀어주었다.

얼마 후 그녀는 포옹을 풀고 조금 더 편안한 모습이 되었다. 나는 그녀의 성장 과정에서 그녀에게 힘이 된 여러 사람을 떠올리게 했고, 그 대역들이 그녀의 등 뒤에 손을 대고 둘러서게 했다. 그녀에게 두 손을 허리로 보내어 당당한 자세를 만들게 한 다음 교장 앞에서 움츠리지 않고 말하는 연습을 하도록 했다. 움츠러듦의 진짜 원인이 교장이 아니라는 사실도 짚어줬다.

우리는 가끔 자신이 성장 과정 중에 경험한 어떤 일에 짓눌려 현재의 관계 속에서 움츠러들 때가 있다. 이때 명심해야 할 것은, 절대 내 탓을 하지 말고, 괜찮다고 다독여주자. 내가 나를.

잠깐만 자고
생각하자

몸과 마음이 힘들 때
잠깐 잠으로 날 충전한다.
잠은 나에게 위로와 격려이다.

_____ 잠

매일 밤 자는 잠은 내게 아주 소중하다. 나를 충전해주고 다독여주기 때문이다.

굉장히 슬픈 날, 화가 나는 날에는 애써 빨리 잠자리에 들기도 한다. 아침이면 지금 이 순간 나를 힘들게 하는 모든 것이 사라질 것 같은 생각 때문이다. 실제로 자고 나면 슬픔도 줄고 아픔도 줄었다.

_____ 낮잠

학생들이 다 하교한 텅 빈 교실에서 알림장과 밴드에 사진과 학급 소식을 올리다 잠깐 엎드려서 5~10분 빠져든 잠, 퇴근 후 집에 도착해 소파에 기대어 앉았다가 20~30분 곯아떨어진 잠, 고속도로 장거리 운전 중 쏟아지는 졸음에 잠시 차를 휴게소에 세우고 자는 잠. 정말 잠깐이지만, 깨고 나면 정신이 확 들고 집중력이 더 높아진다. 짧은 잠은 이렇게 날 살린다.

_____ 밤잠

우리 집 아이들은 매일 9시면 잠자리에 들어 아침 7시에 일어난다. 일정한 시간에 자고 일어나는 것, 또 푹 자는 것은 너무나 중요하다. 그날그날의 불편한 마음을 풀어주고 몸의 건강도 회복시킨다. 그래서 나는 우리 집 아이들이 잠자기 30분 전 행위를 고정해놓았다. 함께 일기를 쓰고 책을 읽는 것이다.

_____ 태곳적 잠

심리극 속에서 내담자가 어린 시절로 돌아가 '부모의 따뜻한 품'을 느끼게 하는 장면을 연출할 때가 있다. 이때 부모의 따뜻함을 느끼기 위해 무엇을 하면 좋을지를 물어보면, 대부분 부모의 품에서 자고 싶다고 대답한다. 조명을 조금 어둡게 한 뒤, 바닥에 천을 깔고 엄마 품속으로 들어가게 한다. 잔잔한 음악을 틀어준다. 그러면 심리극의 주인공, 참여자, 관객 모두의 눈에서 눈물이 흘러내린다. 부모의 품 안에서 잠을 자는 것은 아주 특별한 태고의 의식이다.

나는 잠의 예찬자이다. 몸과 마음이 힘들 때 잠깐 잠으로 날 충전한다. 엄마 품처럼 따뜻하고 편안한 곳에서 잠을 청하고, 정신이 맑아지도록 한다. 그것은 잠이 내게 주는 위로와 격려이다.

내면아이와
춤을

거울 속에 잔뜩 움츠러든

내가 있다면

현재의 내가 아닌

채 자라지 못한 내면아이다.

심리극을 진행하다 보면 '내면아이' 주제를 지닌 사람을 만날 때가 있다. 아이에서 어른으로 성장하는 과정에서 생긴 트라우마 경험으로 몸은 자랐지만 내면은 자라지 못하고 어린아이와 같은 상태로 남아 있는 경우이다. 내면아이는 어른이 된 그와 함께 살면서 불편한 자극이 생기면 화를 내거나 도망가도록 신호를 준다.

워크숍에 내면아이 주제를 지닌 참여자가 많을 때면, 참여자 모두에게 가방이나 천 등 주변 도구를 이용해 자신의 내면아이를 만들어보게 한다. 내면아이의 크기, 무게감을 상상하면서 내면아이(도구)를 안고 있도록 한 뒤, '괜찮아', '그동안 힘들었지?', '이제 내가 널 위로해줄게' 등 따뜻한 위로의 말을 건네면서 얼굴에 미소를 짓게 한다. 그렇게 자신의 내면아이를 마주 보고 다독이게 한다.

내면아이에게 말을 건네고 다독이는 동안, 조명은 어둡게 하고 잔잔한 왈츠 한 곡을 재생한다. 왈츠가 흐르면 내면아이와 천천히 그리고 따뜻한 온기를 나누며 춤을 춘다. 아이의 눈을 바라보며 충분히 달래주고 "괜찮아."라고 속삭인다. 조금씩 밝은 음악으로 바꿔나간다. 지금 이렇게 다독이는 가운데 내면아이가 조금씩 자라는 것을 상상한다. 그 크기와 무게를 마음속으로 그리면서 춤을 춘다. 조금씩 성장하고 있는 아이와 더 즐겁게 춤을 추면서 세상은 좋은 곳이고 따뜻한 곳이라는 것을 알려준다. 음악은 더 빨라지고 밝아진다. 에너지 가득한 역동 속에서 모두들 웃고 소리를 지르기도 하면서 춤을 춘다.

그러던 어느 날은 춤이 끝난 뒤, 한 선생님이 눈물을 보였다. 다가가서 물어보니, 자신의 내면아이를 바라보며 춤을 추다 '그동안 너 참 외로웠겠다.' 하는 생각이 들어서 눈물이 흘렀다고 했다.

나는 춤을 막 끝낸 사람들 중 한 명을 불러내 눈물을 흘리고 있
는 선생님의 내면아이 역할을 해달라고 했다. 눈물 흘리는 선생님
은 내면아이의 눈을 마주 보고 서서 "이제 네가 외롭거나 힘들 때
면 이렇게 함께 놀아주고 춤을 출 거야. 그동안 네가 있는 줄 몰랐
어. 앞으론 더 자주 안아줄게."라고 말하고 내면아이를 안아주도
록 했다.

잠시 후, 역할을 바꿔 그 선생님 자신이 내면아이가 되도록 했
다. 그리고 워크숍 참여자 중에서 가장 따뜻한 품을 지닌 분이 그
선생님이 되어 조금 전 그가 내면아이에게 했던 말을 돌려주었다.
그 선생님은 따뜻한 품에 한참 안겨 있었다. 잠시 후 다른 참여자
들도 함께 그 선생님을 안아주었다. 다독여주었다. 참여자들이 자
연스럽게 따뜻한 원을 만들었다. 그렇게 우리 모두는 마음이 따뜻
해졌고, 자신의 내면아이를 각자의 방식으로 더 따뜻하게 안아주
었다.

거울 앞에 섰을 때 고개를 숙이거나 움츠러든 내 모습이 비친
다면 그것은 현재의 내가 아닌, 채 자라지 못한 내면아이다. 그 아
이와 가장 가까운 곳에 있는 내가 먼저 다독여주고, '괜찮다'라고
말해주자.

잠시 쉬어 가도
괜찮아

우리 삶에서 일은 평생 할 건데,

조금 쉬었다 가면 어떠하리.

조금도 나쁘지 않다.

나에게 LCSI 성격유형검사를 받은 교사가 1년 6개월 만에 다시 연락을 해왔다. 그동안 자신의 삶이 많이 변한 것 같다며 한 번 더 검사를 받고 싶다고 했다.

검사가 끝난 뒤, 결과 데이터를 확인했다. 긴장과 스트레스 상황에서 성격의 안정성을 얼마나 유지할 수 있는가를 측정하는 '안정성' 부문이 대폭 상승해 있었다. 다른 부분도 마찬가지였다. 전보다 삶을 훨씬 안정적으로 살고 있었다.

그동안 어떤 일이 있었기에 검사 결과가 이렇게 좋게 변화했는지 물어봤다. 그 선생님은 첫 검사를 받았을 때, 원하는 대로 살아야 하는데 그리하지 못해서 마음속에 답답함이 가득 차 있는 상태라며 하고 싶은 것을 해도 괜찮고 그럴 자격도 충분하다는 내 말에, 그간 망설였던 육아휴직을 했다고 했다. 그렇게 화와 답답함을 제공했던 자극원과 멀어졌고, 복직할 땐 학교까지 옮기게 되면서 더 행복해졌다고 했다.

"당신의 마음속에 간절히 바라는 것이 뭔가요?"라고 질문을 하면, 조심스레 휴직을 말하는 이들이 꽤 있다. 학교에서 또는 직장에서 겪는 문제가 해결되지 않고 누구에게도 위로를 받지 못해서, 지금 있는 곳을 떠나고 싶은 마음이 깊어져서이다. 욕구가 있는데 선뜻 결정을 못하는 이도 있다. 그럴 때 나는 "휴직해도 괜찮아요."라며 살짝 등을 밀어준다.

지금 하고 있는 일에서 정신적, 육체적으로 큰 어려움을 겪고 있다면 휴직을 하거나, 병가를 내거나, 조퇴를 해서 몸과 마음에 힘을 붙이는 시간을 갖는 것도 좋은 방법이다. 잠시 멈춘 뒤, 좋은 사람과 좋은 일 속에서 충분히 충전하고 돌아오자. 그리고 전보다 더 힘차게 생활해보자. 우리 삶에서 일은 평생 할 건데, 조금 쉬었다 가면 어떠하리. 조금도 나쁘지 않다.

그러니까
고개 들어

너를 미워하는 사람보다
너를 사랑하는 사람이
더 많다는 것을 기억해.
그러니까 고개 들어.

SNS에 글이 하나 올라왔다.

"지난달, 학교에서 교사로서 자긍심을 잃어버릴 만한 일을 겪었다. 어딜 가나, 나는 내가 교사임을 자랑스럽게 여겼다. 교사인 친구들이 힘들다고 해도 나에겐 그게 남 일처럼 느껴졌다. 그러나 이제 나는 스스로를 공격하고 교사로서의 내 자질을 의심하게 되었다…."

글 아래에 누군가에게 위로받고 싶다는 문장을 읽고, 댓글을 달았다.

"그 하나의 일이 선생님을 대표하지 않습니다."

그는 그 말에 눈물을 흘렸다면서, 나와 메신저로 대화를 하고 싶어 했다.

이야기인즉, 학부모들이 교사의 실수를 모아 교장실에 가서 항의하고 담임을 교체해달라고 했다는 것이다. 그 이야기를 들으면서 나도 슬퍼졌다. 그것은 내 모습일 수도 있고 다른 교사들이 겪을 일일 수도 있다. 그로부터 여러 이야기를 들었고 내가 할 수 있는 한 위로해주었다. 그리고 이야기를 끝내기 전, 심리극 주인공에게 솔루션처럼 제공하는 문구들을 그에게도 건넸다. 한 줄씩 메시지로 보내면서 그걸 따라 읽어보라고 했다.

> 넌 최선을 다했어.
> 네게 상처를 준 사람들이
> 네 주변의 모든 사람을 대표하지는 않아.
> 그들이 네게 준 상처 주는 말에 위축된다면,
> 그리고 그 일로 너를 초라하게 만든다면,
> 그들이 원하는 대로 되는 거야.
> 그러니까 고개 들어.

너를 미워하는 사람보다
너를 사랑하는 사람이 더 많다는 것을
기억해.

그러니까 고개 들어.

그는 그 글을 한 줄씩 읽다 보니, 마치 누군가가 등을 토닥여주는 것처럼 위로받는 느낌이라면서 눈물이 난다고 했다. 당신을 힘들게 하는 사람이 있으면 바로 이 말을 떠올릴 수 있도록, 종이에 써서 거울 옆에 붙여놓고, 자신을 마주 보며 이야기해주라고 했다.

어떤 일로 손가락질을 받거나 고개 숙이고 싶은 순간이, 살다 보면 생길 수 있다. 기억하자. 나는 최선을 다했고, 내게 힘이 되는 사람이 많으니 고개를 들자. 절대로 내가 나 스스로를 비난하지 말자.

내면의
힘

그 어려운 일을 잘 회피했든

또는 맞서 이겨냈든,

나와 내 삶을 포기하지 않으면,

그만큼 내면에 힘이 쌓인다.

워크숍을 할 때면 참여자들에게 지금까지 살아온 삶을 그래프로 그려보게 하는 활동을 한다. 이름하여 인생 곡선. 가로로 길게 선을 그린 뒤, 좋거나 행복했던 기억은 선 위쪽에, 힘들었거나 슬펐던 기억은 선 아래쪽에 점을 찍게 하는 것이다. 그렇게 지난 기억을 떠올리면서 선 위와 아래에 점을 찍다 보면 자연스럽게 자신의 삶을 이해하게 된다.

시간이 넉넉할 때는, 각자의 인생 곡선을 발표한다. 그러면서 내 삶을 짚어본다. 내 이야기를 남에게 하는 과정에서 과거 사건에 대한 이해가 생겨나기 때문이다. 둥그렇게 둘러앉아 돌아가면서 이야기를 나누다 보면, 우리 모두에게 특별한 생각 하나가 찾아온다. 나만 힘들고 아픈 상처를 지니고 있는 것이 아니라는 생각이다. 나도 다른 사람과 비슷하게 고민이 있고 경험이 있는 보통 사람이라는 사실을 깨닫게 된다. 그렇게 서로 공감하고 나를 인정하게 되면 그간 무겁기만 했던 마음이 한결 가벼워진다.

참여자들이 그린 그래프의 가로줄 위쪽엔 여러 즐겁고 행복한 기억이, 가로줄 아래쪽엔 아픔이 있다. 어린 시절 엄마의 암 투병과 수술을 옆에서 지켜보며 돌아가실까 봐 두려움에 떨던 기억, 아빠가 술 마시고 들어와서 엄마와 다툼이 생길 때마다 어서 다음 날이 되길 기도하던 기억, 아버지의 이른 죽음에 슬퍼하던 엄마를 위로하던 기억, 초등학교 저학년 때 장난을 좀 쳤다가 담임 선생님에게 뺨을 스무 대나 맞았던 기억, 교실에서 방귀를 한 번 뀌었다가 친구들에게 놀림감이 되어 일 년 내내 위축되어 지냈던 기억, 임용 시험에 여러 번 실패하고 독서실에서 오랫동안 외로운 시간을 보냈던 기억, 동생을 더 예뻐하던 부모님 아래서 열등감에 사로잡혀 있던 기억, 그리고 현재 반 아이들이 욕하고 힘들게 해서 교사를 그만두고 싶은 일 등….

'그 일이 생기지 않았다면 지금 내 삶은 어떠했을까?' 하는 생각으로 과거를 탓하기도 하지만, 우리가 경험했던 그 일 때문에 우리에게 생긴 힘과 삶의 패턴들을 찾아보면 생각이 달라진다. 열등감에 사로잡혀서 부모님과 다른 사람들에게 인정받으려고 공부를 더 열심히 할 수도 있다. 또 아빠의 주사로 인해 힘들어한 경험 때문에 술에 취하여 실수하는 일이 없도록 자기 조절에 힘쓸 수도 있다. 더 나은 사람이 되고 싶고 나를 더 발전시키려는 마음이 그 일 덕분에 만들어지기도 한다. 지금 나의 이 시간은 과거의 힘들었던 시간들을 지나온 덕이다. 어려움을 이겨낸 경험이 쌓였고 힘이 쌓인 것이다. 이것이 바로 '내면의 힘'이다.

좋은 경험 덕분에 힘든 일을 이겨낼 수 있었다고, 내 과거의 좋았던 경험들에 감사한 마음을 갖자. 과거의 고통스러웠던 경험을 피하거나 더 나은 사람이 되기 위한 내 노력과 그 결과 만들어진 삶의 노하우와 패턴들을 찾아보고, "덕분이다."라고 스스로에게 말하며 고마워하자.

"나는 과거를 이겨낸 사람이고, 포기하지 않았고, 내가 살아온 삶은 다 의미가 있다." 이 말을 나 자신에게 들려주며 나를 다독여 주자.

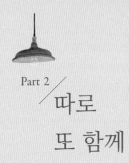

Part 2 / 따로
또 함께

함께 성장은,
아내부터

'함께 성장'은 가족에서부터

시작해야 하지 않을까?

신혼 초, 사람들은 아내를 보면 누가 먼저랄 것도 없이 입을 모아 현모양처형이라고 이야기했다. 하지만 성격검사 전문가가 되기 위한 공부를 하던 중 아내의 LCSI 성격검사 결과를 확인한 나는 조금 놀랄 수밖에 없었다. 아내는 겉으로 보이는 이미지와 달리 나보다 더 표출형이었고, 하고 싶은 게 많은 사람이었다.

　아내를 생각하면 항상 고맙다. 내가 가장 힘들고 어려울 때 내 손을 잡아줬고 나를 평생의 반려자로 선택해줬기 때문이다. 그래서 나는 지인들에게 아내를 '내 인생의 첫 번째 심리치료사'라고 소개하곤 한다. 이런 아내가 나와 가족을 위해 다른 모습으로 살고 있다니!

그래서 아내에게 지금까지는 내가 배우고 싶은 것을 배웠으니, 이제 당신이 원하는 것을 배울 차례가 됐다고 말했다. 아이는 내가 돌볼 것이고, 당신은 이제 성장해야 할 시간이라는 말도 덧붙였다. 이후 아내는 더 깊게 배우길 바랐던 제과제빵 기술을 공부했으며, 영어 심화 연수를 받고자 해외에서 생활하기도 했다.

요즘도 아내는 배우고 싶은 것이 있으면 먼 길을 떠나기도 하고 사람들을 만나러 다니기도 한다. 뭔가에 몰입하고 있는 아내를 바라보는 것은 정말 기쁜 일이다. 아내가 행복해야 나와 아이들도 행복해진다고 믿는다. 생명력 넘치는 아내가 더 사랑스럽고 존경스럽다.

얼마 전, 아내는 내게 육아휴직을 제안했다. 집안일을 내려놓고 더 편안한 마음으로 담임을 하고 싶어하는 마음도,(아내도 교사이다.) 내게 시간이라는 선물을 주고 싶어하는 마음도 다 느껴졌다. 마침 아들아이가 내 손길을 아주 좋아하니, 아이에게 몰입해서 등 뒤에 따뜻한 손을 얹고 응원해주고 싶었다. 그러나 한편으로 육아휴직까지 할 필요는 없지 않을까 하는 생각도 들었다. 갑자기 이런저런 고민이 많아졌다. 그러자 아내는 육아휴직을 할 수 있는 마지막 기회를 내가 경험해보면 좋겠다고 했다. 하고 싶은 일들 하라면서.(주부 역할은 꼭 하라면서.)

항상 고맙다. 이제 아내를 돕고 아이들 양육에 몰입하고자 한다. '함께 성장'은 가족에서부터 시작해야 하지 않을까?

그날 전화 못 받아서
죄송했어요

어떤 일은 마음속에
담아두기보다 표현하고
이야기할 때, 더 나아진다.

학교에서 회의를 하고 교실에 돌아왔더니 충전 중이던 스마트폰에 부재중 전화가 같은 번호로 20여 분에 걸쳐 열네 통이 와 있었다. 내가 전화를 받을 때까지 걸지 않으면 안 되는 일이었겠단 생각에 얼른 전화를 걸었더니, 택배 기사님이었다.

아파트 단지 전기 점검 때문에 엘리베이터가 작동하지 않는데, 택배 상자가 크고 여러 개여서 건물 입구의 문 앞에 놓고 갈 수 없어서 전화를 했다고 말했다. 물건을 경비실에 놓고 가도 충분히 이해할 만한 상황이었는데, 연락이 되지 않자 걱정이 된 택배 기사는 걸어서 8층까지 두 번이나 오르내리며 짐을 가져다놓고 가는 길이라고 했다. 동 학년 교사들을 위한 간식에 아이들 학용품과 생활용품까지 여러 물품을 주문했었는데, 정말 힘들게 계단을 올랐겠단 생각이 들었다.

정말 고생 많으셨다고, 진심으로 감사하다고 인사를 드리고 전화를 끊었다. 하지만 마음에 불편함이 남았다. 아마도 그분은 그날 우리 아파트 단지의 여러 계단을 수없이 오르내렸을 터였다. 어쩌면 열네 통의 전화는 전기 점검으로 인해 멈춰버린 엘리베이터에 대한 화가 아니었을까? 나도 마음이 불편했지만, 그분도 마음이 정말 불편했겠단 생각이 들었다.

몇 주 뒤 주말, 인터넷 쇼핑몰에서 몇 개의 물건을 주문하고 배송을 기다리고 있었다. 오전에 배송 예고 문자를 보니, 그날의 그택배 기사님이 배송 담당이었다. 나는 벌떡 일어나 작은 지퍼백에 과일, 초코볼, 과자, 음료수 등을 정성껏 싸놓고 그를 기다렸다.

드디어 그가 우리 집에 도착했을 때, 엘리베이터 앞에서 기다리고 있다가 전에 정말 고생 많으셨다고, 감사했다고 인사를 했다. 택배 상자를 건네주면서 그날 마침 전기 점검일 줄 몰랐다면서 웃는 그에게, "그날 불편했던 마음이 오늘 줄어들면 좋겠어요. 전화를 받지 못해 죄송했어요. 작지만 받아주세요."라며 준비한 간식을 드렸다. 그는 활짝 웃으며 "잘 먹겠습니다."라고 했다. 택배 기사님이 엘리베이터를 타고 내려가는 모습을 보며, 내 마음도 편해졌다.

어떤 일은 마음속에 담아두기보다 표현하고 이야기할 때, 더 나아진다. 쑥스러움을 잠시 내려놓고 표현해보자.

사라진
담배 연기

퇴근 후 집으로 돌아가는 길, 아파트 엘리베이터에서 내리는 순간 매캐한 담배 냄새가 코를 찔렀다. 누군가 계단 통로에서 담배를 피운 것이다.

이런 일이 반복되고 담배 연기가 현관문을 비집고 들어오는 일이 늘어나자, 나는 이 상황을 바꿔야겠다고 마음먹었다. 담배를 피운 사람이 누구인지 추적해서 담판을 짓는 게 정석이겠지만, 함께 계속 살아가야 할 이웃이니 조금 더 부드러운 방법을 쓰고 싶었다. 그래서 정성껏 편지를 써서 엘리베이터 안에 붙였다.

> 부탁드려요.^^;;
> 담배를 계단 통로가 아닌, 밖에서 피워
> 주세요.
> 연기가 현관문 틈새로 들어오고 통로에
> 한동안 냄새가 남습니다.
> 우리, 같은 라인에서 더불어 행복하게
> 살아요.
> 한 번 더, 부탁드립니다.

다음 날 퇴근길, 아파트 계단 통로에서 담배 냄새가 느껴지지 않았다. 현관 틈새로 들어오는 연기도 사라졌다. 내가 쓴 편지를 무시할 수도 있었을 텐데, 노력해준 것에 고마웠다. 나 역시 한때 담배를 피웠기에, 흡연 구역을 찾아 멀리 이동해야 하는 게 얼마나 번거로운 일인지 잘 알기 때문이다.

문득 사과를 받는 이의 행동에 대해 떠올렸다. 학교에서 아이들이 서로 사과해야 하는 순간, 한 아이만 "미안해."라는 말을 하고 끝내버리면, 사과를 한 아이에게는 굴욕감이, 사과를 받은 아이에게는 우월감 같은 것이 남는 것을 보았다. 사과를 받은 아이가 사과한 아이에게 "사과해줘서 고마워."라는 말을 돌려주어야 사건이 말끔하게 종결되었다.

나는 또 편지를 썼다.

> 담배를 아파트 밖에서 피워주셔서 진심으로 감사해요.
> 계단 통로와 엘리베이터 앞에서 담배 연기 때문에 힘들지 않아 더 행복해졌습니다.
> 덕분입니다. 앞으로도 우리, 같은 라인에서 더불어 행복하게 살아요.

첫 편지를 엘리베이터에 붙인 뒤로 스무 날이 지났다. 담배 연기도 아파트 통로에서 흔적도 없이 사라졌다. 정말 기뻤다. 지금까지의 노력에 고마웠고, 앞으로도 지속적인 노력을 하도록 뭔가 하고 싶었다.

그래서 또 편지를 썼다.

지속적으로 같은 라인 사람들을 위해
노력해주셔서 감사해요.
계단 통로와 엘리베이터 앞에서 더, 더
행복해졌습니다. 덕분입니다.
앞으로도 우리, 같은 라인에서 더불어
행복하게 살아요.
담배 피우러 아파트 밖으로 외출해주신
수고에 작은 선물을 드려요.

편지 아래에 목캔디 상자 몇 개를 붙여놓았다. 퇴근해서 돌아오니, 누군가 떼어 갔다. 선물이 잘 전달됐을 거라고 생각했다. 맞서 싸우는 것보다 부탁하고 고마워하는 방식으로, 우리가 살고 있는 곳에서 변화를 만들어내서 기뻤다.

부러진
기타

화가 나는 일 앞에서는
마음을 다치거나 불편함이 남지 않도록
그다음에 어떤 행동을 취하는 것이
좋을지를 3초만 생각해보자.

방과 후, 반 아이들에게 구워줄 식빵을 미리 사두려고 학교 앞 제과점에 가던 길이었다. 그런데 갑자기 교실에 남아 있던 반 아이 중 한 명에게서 전화가 왔다. 교실에 있던 내 기타가 부러져서 더 이상 소리가 나지 않는다고 했다.

식빵을 사 들고 교실로 돌아오는 도중, 우르르 계단을 내려오는 반 아이들을 만났다. 다들 표정이 좋지 않았다. 교실에 들어가 기타를 보니, 목이 완전히 부러져 바닥에 쓰러져 있었다. 말 그대로 두 동강이 나 있었다. 직전에 아이들이 보여준 미안해하는 모습과 전화 통화 내용으로 마음의 준비는 했지만, 아내가 선물로 사준 기타라 그런지 마음이 슬퍼졌다.

화를 낸다고 해서 기타가 다시 붙을 리도 없으니, 이 일을 아이들과 어떻게 처리할지가 중요했다.

다음 날 아침 수업이 시작되기 전, 기타가 부러진 사진을 보여주면서 이야기를 시작했다.

"선생님은 소중한 기타가 부러져 슬프답니다. 여러분이 일부러 고장 내려고 한 것은 아님을 알고 있어요. 이런 일이 생기면 우리 마음이 다치거나 불편함이 남지 않도록 그다음에 어떤 행동을 취하는 것이 좋을지 생각하는 게 더 중요한 것 같아요. 그리고 이번 일의 경우에는 '죄송해요'라고 말해주면 선생님 마음도, 여러분의 마음도 편안해질 거라고 생각합니다. 선생님 슬픔이 줄어들도록 사과할 수 있겠어요?"

그러자 열 명이 넘는 아이들이 자리에서 일어나 한 줄로 서서 어떻게 기타가 부러졌는지 설명해주고 미안하다는 말을 해줬다. 나는 "사과해줘서 고맙습니다."라고 말했다. 덕분에 나도, 아이들도 마음이 조금 더 편안해졌다.

그리고 다른 기타가 생겼다. 힘내라며 아내가 내게 작고 근사한 기타를 선물로 줬다. 잠깐 연주해보니 소리가 감동이다. 기타가 부러지면서 겪었던 그 모든 과정은 이 기타를 만나기 위한 것이었을까?

하지 마!

불의한 일 앞에서는 참지 말자.
고개를 똑바로 들고
"하지 마!" 하고 큰 소리로 외치자.
주먹을 쥐고 눈에 힘을 주자.

점심 식사를 마치고 급식실을 나서는데, 길 한쪽에 우리 반에서 덩치가 가장 큰 아이가 울고 있는 것이 보였다. 최고 학년인 녀석이 사람들 앞에서 울고 있다는 것은 심상치 않은 일이라 재빨리 다가갔다. 이유를 물어보니, 함께 어울리던 아이들 중 하나가 '아빠 없는 놈'이라고 놀려 화가 났다고 했다.

아이의 아빠는 암으로 5년 전 세상을 떠났다. 나는 이와 비슷한 일을 앞으로도 계속해서 겪을 아이에게 도움을 주고 싶었다. 방과

후에 이 일을 가지고 조금 더 이야기를 나누기로 했다.

다른 아이들이 다 집으로 돌아간 후에, 나는 아이를 불러 의자에 앉혔다. 그리고 아이에게 "의자에 앉는 순간, 너는 아빠 역할을 하는 거야. 아빠가 되어서 아빠처럼 생각하고 말하는 거지."라고 하며, 심리극 하는 방법을 알려주었다.

아빠 역할을 하는 아이에게 질문을 시작했다.

"아버님, 점심시간에 아들이 울고 있는 모습을 보니까 마음이 어떠세요?"

아빠 역의 아이가 대답했다.

"아들이 울고 있으니까 행복하지 않아요."

"아버님, 아들에게 이 상황을 잘 이겨내라고 한마디 해주세요."

"아들, 고개 들어. 넌 아무 잘못 없어. 울지 말고 당당하게 이야기해."

아빠 역의 아이는 울컥하여 목소리에 눈물이 맺혀 있었다.

나는 아이에게 원래 자신의 자리로 돌아오게 했다. 그리고 내가 아이의 아빠 의자에 앉아 아빠가 되어 아이에게 말을 해줬다.

"아들!!!!!!!!!! 고개 들어. 넌 아무 잘못 없어. 그러니까 울지 말고 당당하게 이야기해. 그 자식 눈을 보고 이야기해. 그만하라고. 할 수 있어. 아들!!!"

아이의 눈에서 눈물이 흘렀다.

앞으로 오늘 낮과 비슷한 일을 더 겪을 아이를 위해 심리극을 조금 더 진행했다. 아이가 말한 '당당한' 모습을 훈련시켜주고 싶었다.

나는 아이의 손에 천을 연결한 뒤 그 한쪽 끝을 잡았다. 그리고 아이를 괴롭히는 학생 역할이 되어, 천을 잡아당기면서 '아빠 없는 놈'이라며 놀리기 시작했다. 아이로부터 '하지 마'라는 말을 끌어내고 속마음을 토해내도록 했다. 그런 다음 아이에게 괴롭히는 학생 역할도 해보게 하여 어떤 마음에서 놀리는 것인지 이유를 찾아보게 했다.

다음 날 수업 사이 휴식 시간에 비슷한 일이 또 벌어졌다. 같은 반 학생이 "아빠 없는 놈." 하면서 아이를 놀린 것이다. 아이는 이번엔 울지 않았다. 전날 나와 심리극으로 연습했던 것처럼, 고개를 들고 "하지 마!!!!!!!!!!!!!!!!!!!" 하고 큰 소리로 외치며 두 손을 쥐고 눈을 똑바로 노려봤다. 그러자 아이를 놀리던 학생은 움찔 물러났다.

그날 오후 아이들이 하교한 뒤, 나는 아이를 놀렸던 그 학생을 불러 '친구의 돌아가신 아빠' 역할을 맡게 하고 심리극을 진행했다. 돌아가신 아빠가 되어, 놀림 받는 아들을 지켜보는 마음을 말해보게 했다. 그 뒤로, 그 학생이 함부로 친구를 놀리는 일은 없었다.

타인의 눈으로 나를 바라보는 것만으로 힘이 생길 때도 있고, 내가 어떤 사람인지 알아차릴 때도 있다. 그리고 무엇보다 상대가 느끼는 고통을 알게 된다.

친구야,
미안해

때론 상대의 눈으로
나를 바라보는 것만으로도
변화를 만난다.

퇴근 무렵 아내에게 연락을 받았다. 1학년인 아들이 같은 반 아이 머리를 건드리며 '찌질이'라고 놀렸고, 그 아이의 할머니가 이야기를 나누자고 했는데 아들이 도망을 갔다는 내용이었다.

아이들이 누군가를 놀리는 일이 생기면, 나는 심리극의 역할 바꾸기를 이용해 괴롭힘당한 아이의 심정을 충분히 경험하게 하고 그 아이의 눈으로 자신을 바라보도록 했다. 나아가 괴롭힘당한 아이의 부모의 눈으로, 그리고 자신의 부모의 눈으로 자신을 바라보도록 하면서 행동을 교정하고 생각을 바꿔왔다. 그래서 내 아이에게도 이 방법을 사용하기로 마음먹었다.

두꺼운 종이로 아이와 친구, 할머니, 선생님, 아빠 이름을 쓴 카드를 만들었다. 그런 다음 카드를 들면 카드에 적힌 사람처럼 생각하고 말하기로 규칙을 정했다.

아이를 의자에 앉힌 후 아이에게는 자신의 이름이 쓰여 있는 카드를 들게 하고 나는 친구 카드를 손에 들었다. 그런 다음 들고 있던 카드를 아이와 바꿨다. 나는 아들 역할, 아들은 친구 역할을 하기로 한 것이다. 아이가 생각할 겨를을 주지 않고 곧장 아이의 머리를 쥐어박으면서 찌질이라고 놀리기 시작했다. 아이가 "그만 해."라고 했지만, 괴로움이 몸과 마음 깊은 곳에서 올라오도록 밀치기도 하고 손으로 얼굴을 쓸어내리기도 하면서 계속 찌질이라고 놀렸다. 괴롭힘당하는 것이 얼마나 힘든 일인지 직접 경험해야 하니까. 아이가 울음을 막 터뜨리려던 때, 친구 카드를 내려놓고 선생님 카드를 들었다. 그리고 이렇게 질문했다.

"친구가 찌질이라고 놀리면서 괴롭히니
까 마음이 어때?"

"안 좋아요. 슬퍼요."

"그랬구나. 그럼 네 마음을 표현해주렴."

빈 의자에 자신의 이름이 적힌 카드를 올려놓고, 그쪽을 바라보고 말하도록 했다.

"나 그만 괴롭혀. 네가 찌질이라고 하니까 나 너무나 속상해."

그리고 아이에게 아들 카드가 놓여 있는 의자로 옮겨 앉도록 했다. 나는 친구 카드를 들고 그 의자에 옮겨 앉아서 조금 전에 아이가 한 말에 덧붙여 말했다.

"나 그만 괴롭혀. 네가 찌질이라고 하니까 나 너무나 속상해. 빨리 사과해줘."

그러자 아이는 "미안해." 하며 다가와 손을 잡았다.

다음 날 아들은 반 친구를 찾아가 사과를 했다. 친구의 할머니에게도 고개 숙여 죄송하다고 했다. 현재 아들은 누군가를 놀리거나 때리지 않고 학교생활을 잘 하고 있다.

상대의 눈으로 나를 바라보면 바뀌는 것들이 많다. 혹시라도 누군가에게 나도 모르게 실수를 하거나 원치 않게 불편한 감정을 줬다면 먼저 상대방의 마음을 생각해야 한다. 미안하다고 진심으로 사과를 해야 한다. 그럴 때 내 마음도 편해진다.

사과
주고받기

속상한 일을 당한 이를
돕고자 할 때는 그 감정에 동화되어
자신이 먼저 속상한 감정에 빠지는
일이 없도록 유의해야 한다.

점심시간, 여학생 하나가 울면서 내게 찾아왔다. 친구가 뺨을 때렸다며, 속상했던 상황을 이야기했다. 나는 학생의 손을 잡아주고 다독인 뒤, 이렇게 물어보았다.

"친구가 네 뺨을 때리게 된 특별한 일이
있었니?"

학생이 이야기를 풀어놓았다. 점심 먹고 교실로 돌아가는 길이었다. 단짝 친구를 깜짝 놀라게 하려고 벽 뒤에 숨어 있다가 친구가 다가온 순간, 큰 소리를 내며 두 손으로 덥석 잡았는데, 기다리던 친구가 아니라 같은 반 남학생이었다. 그러자 그 남학생이 화를 내며 팔을 휘둘렀는데, 그때 뺨을 얻어맞았다는 것이다.

이런 경우엔 항상 하나의 사건을 바라보는 각자의 방식과 기억, 감정이 다르기 때문에 문제 해결에 앞서 모두의 이야기를 들어본다. 남학생을 불러, "친구의 뺨을 때리게 됐던 특별한 이유가 있었니?"란 질문으로 그의 입장에서 그때의 상황을 들어보았다. 학생은 자신을 갑자기 놀라게 하지 말라고 밀친다는 게 그만 친구의 뺨을 때리게 됐다면서 울먹였다.

둘 다 억울한 부분이 있고, 상대방의 잘못이 더 크다고 생각할 여지가 있는 문제였다. 이런 경우엔 두 사람 모두의 마음을 다독여야 한다. 여학생은 단짝 친구에게 하려 했던 장난이 이렇게 돌아올 줄 몰랐고, 뺨을 때린 남학생도 누군가의 뺨을 때리려고 의도하지 않았으니까. 이런 일은 시간대별로 사과를 주고받도록 하면 효과가 있다. 여학생이 남학생을 놀라게 한 것에 대해 사과하고, 그다음에 남학생이 여학생을 때린 것에 대해 사과해야 한다.

두 학생이 서로 눈을 바라보고 서게 한 뒤, 여학생에게 이 말을 따라 하도록 했다.

"널 놀라게 하고, 손으로 덥석 몸을 눌러 미안해. 사실, 너에게 하려는 것은 아니었어. 그런데 네가 그렇게 깜짝 놀라서 당황했어. 미안해. 앞으론 널 갑자기 놀라게 하지 않을게."

그 말을 다 들은 남학생에게 이제 마음이 어떠한지 물어봤더니 괜찮아졌다고 했다. 그래서 "사과해줘서 고마워."라는 말을 돌려주도록 했다. 이 말을 하지 않으면 애써 사과를 건넨 여학생 마음이 불편해지기 때문이다. 그러고 난 뒤, 남학생에게 상대방을 속상하게 한 것에 대해 이렇게 사과하도록 했다.

"사과해줘서 고마워. 네가 날 놀라게 해서 순간 화가 났어. 나도 모르게 손을 휘두르게 됐어. 그런데 네 얼굴을 때리게 될 줄 몰랐어.

네가 일부러 나를 놀라게 한 것이 아닌
것처럼 나도 널 일부러 때린 것이 아니
었어. 너를 아프게 해서 미안해."

남학생의 사과의 말이 끝나고, 여학생에게도 "사과해줘서 고마
워."라고 말하도록 했다.

그리고 잠시 각자의 마음 상태를 말해보게 했다. 모두 마음이
편안해졌다는 말에, 사과 주고받기를 마무리했다.

학교라는 좁은 공간에서 종일 생활하다 보면 원치 않게 속상한
일이 생길 수 있다. 이때는 도움을 주고자 하는 이가 먼저 속상한
감정에 빠지는 일이 없도록 유의해야 한다. 마음이 몹시 속상한
이의 감정에 동화되기보다는 거리를 두고 차분히 이야기를 들어
야 한다. 그러고 나서 문제를 완화하거나 해결할 방법을 찾아보아
야 한다. 사람과 사람 사이에 사과가 필요한 일이라면, 시간대별
로 사과하고, 그 사과의 말에 고마워하는 말을 돌려주어야 한다.
그러다 보면 자연스레 문제가 잘 해결된다.

지적질

우리는 누군가를 평가하고
잘못됐다고 지적할 자격을
그에게 받지 못했다.

"선배님, 위로가 필요해요!!!"

페이스북 라이브방송으로 위로를 나누었다. 그런데 방송이 끝
나자마자, 페이스북 메신저로 후배가 도움을 요청해왔다.

그는 학부모와 3시간 30분 정도 통화를 하고 이제 막 전화를 끊
었는데, 자꾸 수치심이 올라와 힘들다고 했다. 그의 반 아이가 부
모의 교육관 때문에 힘들어하는 것을 알게 됐고, 도움을 주고 싶
어서 그 부모에게 전화를 걸어 설득했지만 잘 되지 않아, 슬프고
화나고 답답하다는 이야기를 들려줬다.

아이를 사랑하는 마음이 느껴졌다. 하지만 상대의 잘못을 지적하거나 바꾸려 하기보다는 협력하고 격려하고 응원하면서 힘을 줄 때 상대도 부정하지 않고 받아들이게 된다. 내가 오래전 겪었던 시행착오를 후배 또한 경험하는 것을 보며, 이 일을 계기로 그가 조금 더 요령이 생기길 바라는 마음으로 이야기를 나눴다.

우리는 누군가를 평가하고 잘못됐다고 지적할 자격을 그들에게 받지 못했답니다. 누군가 당신에게 너의 삶의 방식은 잘못됐으니 바꾸라고 하면 속상하거나 화가 나는 것처럼, 그분도 그런 마음에 옳은 말이라는 것을 알아차렸으면서도 당장은 부정했는지 몰라요. 돌아보면 우리 삶에서 평가와 비판보다 잘될 거라고 격려하는 것이 상대의 마음을 움직일 때가 더 많은 듯해요. 조언을 했다면, 그 이후의 판단은 그에게 맡기세요. 그의 삶에 동의를 먼저 해보세요. 그것만으로 충분하답니다.

상대가 잘됐으면 하는 마음으로 했던 모든 일은 의미가 있고, 노력은 상대에게 작은 변화로 자리할 겁니다. 내가 한 노력이 누군가를 당장 큰 변화로 끌어낼 수 없는 것에 속상해하지 마세요. 씨앗을 심으면 싹이 자라고 나무가 되어 열매를 맺기까지 오랜 시간이 걸린답니다. 씨앗 하나를 심었다는 것을 기억하세요.

그리고 누군가의 마음을 움직이기 위해서는 전화보다는 눈을 보고 이야기를 나눠야 한답니다. 전화 목소리를 들으며, 자신의 경험을 바탕으로 상대방의 감정과 표정을 상상하기 때문에 왜곡될 가능성이 있습니다. 다음번에는 초대를 해서 직접 얼굴을 보며 이야기를 나눠보세요. 분명 당신의 진심이 더 잘 전달될 겁니다.

이런저런 이야기를 나누는 동안, 후배는 부모에게 '동의'한다는 말이 참 많이 와 닿았다며, 마음이 한결 편해졌다고 했다.

대화 중에 나는 그가 잘못을 했다는 말을 하지 않았다. 그가 사랑하고 있고, 최선을 다하고 있으며, 그것이 주변에 잔잔하게 영향을 미치고 있다는 사실을 알려주고 싶었다. 그리고 그에게 실제적인 도움이 되고 싶었다.

가끔 누군가의 방식이 틀렸다고 말하고 싶은 마음이 들 때, 이 에피소드가 도움이 되길 바란다. 무엇보다 먼저, 모두가 최선을 다하고 있음을 기억하자.

완벽한
짝

상대의 완벽함을 바라는 우리들
모두 완벽하지 않으니까.

남자 친구를 사귀다가 자꾸 헤어지게 되는 것이 속상했던 선생님
이 심리극을 요청했다. 그녀에게는 '앞으로 원하는 남자를 만나지
못하면 어쩌지?' 하는 불안감이 있었다.

그래서 지금까지 사귄 남자 친구들과의 관계를 점검해봤다. 심
리극에 참여하고 있던 남자 참여자들의 도움을 받아 남자 1호, 2
호, 3호를 불러내 데이트 장면을 재연해봤다. 남자 친구 역할을
통해 남자 친구의 눈으로 '나'를 바라보기도 하고, 다른 사람들의
질문에 답을 하면서 관계 속에 자리했던 사건과 감정을 찾아가봤

다. 이 과정을 통해 그녀의 연애 속에서 하나의 패턴을 찾아낼 수 있었다.

그녀는 사랑이 깊어질 때면 매번 상대방에게서 도망가려는 패턴을 보였다. 그리고 그러한 행동을 하는 여러 이유 속에는 '조금 더 완벽한 사람을 만나고 싶다. 더 완벽한 내 짝이 있을 텐데.' 하는 마음이 자리하고 있었다. 그렇다 보니 처음에 마음에 들었던 사람도 시간이 지나면 자꾸 흠이 눈에 들어오고, 상대방이 완벽하지 않은 것에 대한 실망감이 올라오고, 또 상대에 대한 부정적인 비언어가 마음속에 자리 잡게 되어, 남자 친구가 떠나가버리는 패턴이 반복되고 있었다.

이러한 관계 패턴은 그녀의 성장 과정에서 가족 시스템과 연결되어 있었다. 완벽한 아빠에 대한 간절한 마음이 완벽한 남자 친구, 완벽한 남편을 찾고자 하는 마음으로 이어진 것이다. 그래서 심리극을 통해 그녀에게 완벽한 아빠가 필요했던 그 시간을 재연해보고 과거의 나를 다독이게 됐다. 그리고 그녀에게 상처가 되었던, 결핍된 아빠 외에 그녀에게 생명을 주고 사랑을 주었던 아빠의 한 부분을 만나도록 했다.

심리극 안에서 새로운 남자 친구를 만나 다른 패턴으로 연애를 하고 결혼도 했다. 아마도 이러한 연습을 통해 그녀는 앞으로 만나게 될 남자 친구와의 관계를 조금 더 편하게 가져갈 수 있을 것이다.

심리극 중에 그녀가 자신의 이성 관계 패턴을 어느 정도 이해됐다는 말에, 그녀 자신이 앞으로 만날 새로운 남자 친구인 '남자 4호'가 되어 질문에 답을 해보도록 했다.

"음, 남자 4호님, 저 앞에 서 있는 분은 완벽한 여자인가요?"

그 순간 남자 4호 역의 그녀는 "아, 아니요!" 하며 웃음을 터뜨렸다.

심리극에 참여하거나 관객이 되어 바라보던 우리들도 모두 크게 따라 웃었다. 상대의 완벽함을 바라는 우리들 모두 완벽하지 않으니까.

당황하지 않고
질문하기

"지금 네가 그렇게 하고 있는 게

우리에게 어떤 도움이 되니?"

교사 대상으로 연수를 운영할 때였다. 한 선생님이 수업 중에 자꾸 떼를 쓰는 학생이 있는데 자신이 뭘 해도 소용이 없다며 속상함을 토로했다. 나는 그 선생님에게 가장 최근에 아이와 있었던 일을 재연해보게 했다.

학생이 피구는 싫다면서 축구를 하자고 떼를 썼다. 선생님은 당황한 얼굴로 아이에게 다가가 설득을 시작했다. 그러나 선생님의 말에도 아랑곳없이 아이는 더 목소리를 키웠다. 아마도 아이는 이런 방식으로 자신이 원하는 것을 취해왔을 터였다.

나는 그 선생님에게 '떼쓰는 학생' 역할을 위해 자리를 옮기게 하였다. 그 아이의 눈과 사고로 담임 선생님을 보도록 요구했다. 그런 다음 연수에 참여하고 있던 다른 교사에게 '그 선생님' 역할을 해달라고 요구했다. 그 선생님 역할자가 말했다.

"선생님 말대로 하자, 응? 지금 모두 피구 하기로 했잖아, 응?"

나는 학생 역할자에게 "담임 선생님이 어떻게 보이니?"라고 물어봤다. 그러자 "선생님이 착해 보여서 떼를 쓰면 제가 원하는 것을 얻을 수 있을 것 같아요."라고 답했다.

그래서 담임 선생님 역할자 옆에 또 한 명의 선생님을 세웠다. '화내는 선생님'이라고 이름 붙인 뒤, 버럭 화를 내달라고 요청했다. 그러고 나서 학생 역할자에게 어떻게 느껴지는지를 물었다. 그러자 "선생님이 무서워서 멈춰야 할 것 같지만, 저를 무시하는 것 같아서 말을 멈추고 싶지는 않아요."라고 했다.

이 두 모습 모두 교사와 학생 관계에 도움이 되지 않는다는 것을 알게 됐다.

살다 보면, 일을 하다 보면 어떻게 말해야 할지 또는 어떻게 행동해야 할지 애매한 상황이 벌어질 때가 있다. 그 순간에 가장 잘 대처하는 방법은 상대에게 질문을 하는 것이다. 질문을 통해 교사는 그 순간을 교육적으로 만들 수 있다. 질문을 하면, 아이들은 그 순간 자신의 모습을 객관적으로 바라보게 되고 행동을 수정하게 된다.

나는 평온함을 유지하면서, 약간의 미소와 함께, 이 질문이 아이에게도 도움이 되었으면 하는 마음을 담아서 입을 열었다.

> "지금 네가 그렇게 하고 있는 게 우리에게 어떤 도움이 되니?"

그러자 학생 역할자는 "지금 제가 선생님과 친구들에게 피해를 주는 것 같아서 돌아보게 돼요."라고 대답했다. 그러면서 고개를 끄덕였다.

그 선생님은 잠시나마 학생의 눈으로 다양한 교사의 모습을 바라볼 수 있었다며, 이제 어떻게 해야 할지 조금 감이 왔다고 했다.

그 뒤, 선생님은 학교에서 '지금 네가 그렇게 하고 있는 게 우리에게 어떤 도움이 되니?' 질문을 다양한 상황에서 실험해보았다. 이제는 덜 당황하게 되었고 여러 문제가 해결되어 마음도 더 편해졌다고 이야기했다. 다행이다.

교무부장의
비애

하루는 커피를 사 들고 찾아가,
'항상 감사하다'고 마음을 전했다.

워크숍에서 '누가 더 힘드냐'라는 활동을 진행했다. 두 명이 짝이
되어, 한 사람이 힘들었던 이야기를 하면 다른 사람은 "세상에나,
정말 힘들었겠네요!" 하고 맞장구를 쳐주고 다독여준다. 그런 다
음 자신이 힘들었던 일을 이야기하면 상대방이 "정말요? 어떻게
버티셨어요. 대단하세요." 하고 긍정해준다. 이렇게 서로 번갈아
서 이야기를 들어주고 상대방과 한편이 되어주는 활동이다.

그런데 이 활동을 진행하다 보면 분명 힘든 이야기를 하며 위
로하고 격려해주라고 했는데, 때론 깔깔 웃기도 하고, 때론 울음

을 터뜨리기도 하고, 또 때론 수다쟁이가 되기도 한다. '누가 더 힘드나' 활동은 묘한 매력이 있어서 사람들 사이를 허물없이 만든다.

워크숍에서 '누가 더 힘드나' 활동이 끝나고, 한 선생님이 "이 활동도 좋은데, 아직 제 가슴에 불꽃이 남아 있어요."라고 했다. 그는 학교에서 교무부장 직무를 수행하고 있는데, 한 학부모가 자신의 자녀가 교실에서 조금이라도 피해를 보거나 속상한 일을 겪으면 담임에게 전화를 걸거나 학교 대표 번호로 전화를 걸어(그래서 교무부장이 전화를 받는다.) 분개한 목소리로 욕설을 섞어가며 따지는데 매번 가만히 듣고 있기가 곤욕스럽다고 했다.

그래서 나는 다른 참여자의 도움을 받아 학부모 역할자를 세웠다. 그와 학부모 역할자가 천을 잡고 마주 서도록 했다. 학부모 역할자를 바라보는 순간 그의 얼굴이 굳고 붉어지면서 감정이 올라오는 게 보였다. 그래서 역할을 바꿔 그에게 학부모 역을 하게 한 뒤, 학교에 전화를 걸어보라고 했다.

"학생 교육을 어떻게 시키는 거야. 똑바로 하란 말이야!"

다시 역할을 바꿔 학부모가 하는 말을 듣도록 했다. 나는 학부모 역할자에게 교무부장 선생님이 잡고 있는 천의 한쪽을 강하게 잡아당길 것을 요구하면서 조금 전에 했던 학부모의 대사를 더 크고 세게 말하도록 했다. 그러자 교무부장 선생님은 숨이 조금씩 빨라지더니, 순간 눈을 감고 크게 소리쳤다.

"그만해!"

나는 북을 가져다가 교무부장 선생님 앞에 놓고 그의 손에 채를 쥐어줬다. 그가 자신의 직무를 다하는 중에 원치 않게 들었던 기분 나쁜 말들을 다 쏟아내라고 했다.

"이제 그만해. 픽!"

"학교랑 선생님을 믿으란 말이야! 픽!"

"너도 학부모냐! 픽!"

그는 목이 쉬고 기운이 빠져 기진맥진할 정도까지 내리쳤다. 주변을 돌아보니, 비슷한 경험 때문에 감정이 올라온 사람들이 있었다. 그래서 그와 유사한 일을 겪어서 가슴이 답답하고 화가 나는 사람은 나와서 북이라도 시원하게 치고 들어가라고 했다. 몇 사람이 나와서 함께 소리를 지르고 북을 치고 다시 제자리로 돌아갔다.

잠시 후, 나는 모두 두 명씩 짝이 되어 서로 마주 보게 했다. 그리고 내가 하는 말을 그대로 상대방에게 말해주라고 했다.

"선생님, 그동안 많이 힘드셨죠? 괜찮아요. 때론 소리 지르는 것도 괜찮아요. 때론 화내도 괜찮아요."

여기저기에서 울음이 터져 나왔다.

그 교무부장 선생님을 보면서 나는 우리 학교 교무부장 선생님을 떠올렸다. 힘들었겠구나 싶었다.

학교로 돌아왔을 때 교무부장 선생님을 찾아가 그런 비슷한 일은 없냐고 물어봤다. 그 역시 수많은 일과 감정을 삼키고 있었다. 감사한 마음이 들어서, 하루는 아침에 커피 한 잔을 들고 갔다. 자세한 이야기는 하지 않았지만, '항상 감사하다'고 하면서.

그걸 찾아냈다니
기쁘구나

함께 살다 보면 선택을 해야 할
많은 순간이 생기는데,
그때 당신의 선택은 무엇입니까?

나는 학교에서 틈이 생길 때면 책 한 권을 정해 반 아이들에게 읽어주고 있다. 『샬롯의 거미줄』, 『마녀를 잡아라』, 『마틸다』 등 책을 정하고 아침 독서 시간이나 수업 사이 짬 나는 시간에 조금씩 읽어주다 보면, 어느새 아이들의 독서 습관과 책을 고르는 패턴이 변화하는 놀랍고도 뿌듯한 경험을 하게 된다. 몰입을 위해 내가 읽어주는 책은 먼저 읽거나 도서관에서 대출하지 않기로 반 아이들과 약속을 했다.

그런데 하루는 내가 읽어주고 있던 책 『푸른 사자 와니니』를 한 아이가 먼저 읽어버렸다. 도서관 들를 때마다 우리 학교 학생들이 읽어야 하는 책이라고 하며 사서 선생님에게 구매를 부탁했는데, 새 책이 들어오던 날 우연히 도서관에 갔던 아이가 이 책을 읽어버린 것이다. 읽은 것을 모른 척했으면 좋았을 텐데, 다음번에 읽어주기로 한 부분의 책 내용을 친구들에게 이야기하고 다니는 통에 반 아이들 여럿이 달려와 내게 그 사실을 알렸다.

　도서관에 책이 들어왔고, 아이가 『푸른 사자 와니니』를 발견하고 얼마나 반가웠는지, 읽을지 말지를 고민하는 모습과 상황이 머릿속에 그려졌다. 하지만 책을 읽어주는 내가 힘이 빠지고, 반 아이들도 함께 약속했던 것이기에 이를 어떻게 처리해야 다른 아이들의 불만과 의아함을 해결할 수 있을지가 중요했다. 나는 읽어주던 책을 잠시 내려놓고, 책 읽기를 멈추게 된 사정을 이야기했다. 그러고 나서 반 아이들 한 명, 한 명에게 물어봤다.

　"누군가 책을 먼저 읽게 되면 읽던 책을 다른 책으로 바꾸기로 했는데, 그걸 들은 네 마음은 어때?"

　"속상해요.", "서운해요.", "이 책은 꼭 듣고 싶었는데 아쉬워요." 하는 대답이 이어졌다.

　책을 미리 읽고 온 아이의 얼굴이 좀 심각해졌다. 한 명씩 마음과 생각을 물어보면 중, 녀석의 차례가 됐다.

"너는 어떤 생각이 드니?"

"제가 도서관에서 책을 읽고 와서 반 전체가 피해를 보게 됐어요."

"어쩌다 읽게 됐니?"

"그냥 책을 보는 순간, 선생님이 읽어주신 책의 그다음 내용이 정말 궁금했어요."

"그랬구나. 충분히 이해된다. 반 전체가 피해를 보게 됐다고 했는데, 이것은 어떻게 해결해보고 싶니?"

"친구들에게 사과하고 싶어요."

"친구들에게 하고 싶은 말이 있니?"

"친구들아, 미안해."

반 아이들에게는 사과받은 것을 충분히 돌려주도록 했다. 아이들이 한목소리로 "사과해줘서 고마워. 네 입장을 이해해."라고 크게 말하니, 녀석은 "이해해줘서 고마워."라고 답했다.

"이걸 통해 뭘 알게 됐니?"

"나만 생각하면 안 된다는 것을 알았어요. 약속 지키는 것도 중요하고요."

"그걸 찾아냈다니 기쁘구나."

이 일 덕분에 우리는 '함께', '더불어'에 대해 조금 더 알게 됐다. 함께 살다 보면 선택을 해야 할 많은 순간이 생기는데, 나와 친구, 그리고 선생님 모두에게 좋은 쪽으로 행동해주길 바란다는 말과 함께 아이를 마주 보며 '덕분에 함께 공부했다'고 고맙다는 말을 돌려줬다.

아이의 얼굴에서 죄책감이 내려가는 것이 보이고, 빙그레 미소가 생겼다.

다시 『푸른 사자 와니니』를 펴고 반 아이들에게 읽어줬다. 순간, 아이들 사이에서 안도의 한숨이 들렸다. 그리고 멀리서 들리는 '다행이다'라는 기쁜 녀석의 목소리도.

좋은 사람에겐
더 좋은 것을

"너에게는 정말 소중한
목걸이겠구나. 그 소중한 목걸이를
너는 평소 어떻게 다루니?"

성당 체험학습 도중에 딸아이가 선생님들에게 말을 함부로 했다
는 소식을 들었다. 바로 사과를 했다고 하지만, 선생님의 설명에
따르면 집과 학교에서 보여주는 아이의 모습과 너무 달랐다.

딸아이에게 물어보니, 선생님이 편하고 너무 좋은 사람이라서,
모두 그렇게 하니까 자기도 모르게 함부로 말하게 됐다고 했다.

나는 아이에게 가장 아끼는 물건 하나를 가지고 오도록 했다.
아이는 제 방에 가서 목걸이 하나를 들고 왔다. 아이와 목걸이를
보면서 "너에게는 정말 소중한 목걸이겠구나. 그 소중한 목걸이를

너는 평소 어떻게 다루니?" 하고 물었다.

아이는 "아껴서, 중요한 날에만 목에 걸어요."라고 대답했다.

나는 목걸이를 손에 받아 들고 아이를 바라보며 이야기했다.

"아빠에게 네 목걸이처럼 소중한 것이 있다면, 바로 너란다. 그래서 아빠는 널 함부로 대하지 않아. 정말 소중하고 좋아하기 때문이야. 편하고 좋다는 이유로, 아빠가 너를 함부로 대하면 네 마음은 어떠할까? 소중하고 편한 사람은 함부로 하는 대상이 아니라 네가 목걸이를 바라보는 마음처럼, 더 아끼고 소중한 마음을 지녀야 하지. 더 예의 바르게 행동하고 그 사람이 네 옆에 있어 주는 것에 감사하는 마음을 가지렴. 그러면 그 사람과 더 깊고 소중한 관계가 될 거야."

아이는 고개를 끄덕이면서 무슨 말인지 잘 알겠다며 씨익 웃었다.

학교 아이들도 다르지 않다. 담임에게는 예의 바른 모습을 보여주지만, 교과 전담 교사나 방과후 교사에게 함부로 하는 아이들이 있다. 그 이유를 물어보면, 역시 편하고 무섭지 않기 때문에 그렇게 했다고 답한다. 나는 좋고 편한 사람일수록 더 감사한 마음으로 대해야 한다는 이야기를 해준다. 내 딸아이에게 했던 말과 같다. 아이들이 수긍을 잘 못하는 모습을 보일 때는, "(너는 차별받고 싶어하지 않으면서) 선생님을 차별하는 것은 어떠한 것 같니?" 하고 물어본다.

나에게 심리상담을 요청하는 어른들 중에도 이와 유사한 모습을 보이는 이가 종종 있다. 부모에게 분노하는 주제를 지닌 내담자 중에는, 부모가 밖에선 예의 바르고 좋은 사람으로 평가받지만, 가정에서 폭력을 행사하거나 자녀를 함부로 대하는 등 집 안과 밖에서 다른 모습을 띠는 경우가 있었다. 아버지나 어머니는 자신이 뭘 해도 가족들이 이해해줄 거라고 생각하지만, 자녀들의 영혼에 상처를 주고 있다는 것을 잘 모르는 듯했다.

소중한 사람을 더 소중하게 생각하며 살아가자.

위로

제가 당신의 위로가

되어드리고 싶어요.

세종시에 있는 한 초등학교로부터 '교직원들이 서로 가까워질 수 있는 시간을 운영해달라'며 연수 요청을 받았다. 그래서 연수를 진행하고 마무리할 즈음, 나는 선생님들을 모두 일어나게 했다. 그런 다음 두 명씩 짝을 지어 서로 눈을 마주 본 상태에서 내 말을 한 문장씩 천천히 따라 말하도록 했다.

선생님, 안녕하세요.

지난 일 년간 많이 힘드셨죠.

저도 많이 힘들었어요.
제가 선생님에게 위로가 되어드리고 싶어요.
선생님은 최선을 다하셨어요.
정말 수고 많으셨습니다.

그리고 서로 안아주도록 했다. 선생님들은 처음엔 어색함과 쑥스러움에 어설피 웃거나 손을 멈칫거렸지만, 곧 등을 토닥이는 등의 모습을 보였다.

안아주기가 끝난 뒤, 선생님들이 또 다른 선생님과 마주 볼 수 있게 했다. 그리고 서로의 눈을 보면서 다음과 같이 따라 말하게 했다.

선생님, 짝이 되어 반갑습니다.
근무하면서 가끔 힘들 때가 있으셨죠.
저도 그럴 때가 있었어요.
힘들 땐, 저와 차 한잔 마시면서 이야기 나눠요.

제가 선생님을 위해 마음을 내어드릴게
요.
다가올 새 학년, 힘내세요.
제가 선생님에게 힘을 드리고 싶어요.

선생님들은 서로 안아주고 상대방을 위해 잠시 머물러주었다.
그런 다음에 뒤로 한 걸음 물러나서 맞은편에 있는 선생님을 바라
보면서 지금 내 몸과 마음이 어떠한지 살펴보는 시간을 가졌다.
선생님들은 한 번 더 짝을 바꿨다. 짝끼리 서로의 눈을 보고 두
손을 마주 잡았다.

선생님, 짝이 되어 기쁩니다.
가끔 나와 달라서 답답할 때가 있었죠?
하지만 선생님이 최선을 다하는 것처럼
저도 최선을 다하고 있답니다.
우리는 다를 수밖에 없습니다.
그래서 협력하면 더 나은 결과가 만들
어지지요.

손을 내밀고, 손을 잡아주겠습니다.
품을 내어주고, 품에 안기겠습니다.
인연에 감사합니다.
선생님, 힘내세요.

그렇게 연수는 끝났고, 그 순간이 너무나 따뜻했다며 선생님들은 서로 악수를 하거나 또 서로 안아주면서 미소 띤 얼굴로 그 자리를 떠났다.

이후 그 학교 선생님들 관계는 더 좋아졌고, 연수 후반에 서로 눈을 바라보고 했던 말을 때때로 주고받으며 생활한다는 소식을 전해 들었다.

공부 모임이나 독서, 여행 모임 등 지인들과 함께 모임을 만들어보자. 정기적인 모임이 아니어도 괜찮다. 모임을 마무리할 즈음에 이 말을 따라 해보자. 모임 중 한 사람이 큰 소리로 천천히 한 문장씩 읽어주면, 나머지 사람들은 둘씩 짝을 지어 서로 눈을 바라보고 따라 말해보자.

안녕하세요. ＿＿＿＿님

지난 일 년간 많이 힘드셨죠.

저도 많이 힘들었어요.

제가 ＿＿＿＿ 님에게 위로가 되어드리

고 싶어요.

＿＿＿＿ 님은 최선을 다하셨어요.

정말 수고 많으셨습니다.

'스타와 팬'
놀이

우리는 그 한 사람의 열성 팬이 되어

무한한 지지와 사랑을 보낸다.

실천교육교사모임은 『학교라는 괴물』을 쓴 권재원 선생님과 페이스북 기반으로 소통하던 선생님들 중심으로 발전한 거대 단체다. 정기적으로 '교사가 만들어가는 교육 이야기'라는 오프라인 행사를 주최하는데, 오전엔 '교육을 꿈꾸다'라는 프로그램이 TED 형태로 진행된다. 교사 몇 분이 순서를 정해 교육 실천 사례를 발표하거나 공연을 하는 것이다. 그리고 오후에는 '교육을 나누다'라는 프로그램을 진행하는데, 다양한 주제의 연수 20~30개가 부스별로 열린다.

나 또한 이 정기 행사에서 '선생님을 위로하는 시간'이라는 부스를 만들어 1시간 30분 정도의 연수를 진행했다. 시간이 짧아서 심리극을 하기보다 찾아온 분들이 서로 위로하고 격려하면서 따뜻한 마음을 충전해 돌아갈 수 있도록 하는 활동 중심으로 운영했다. 그리고 올해는 '스타와 팬'이란 활동을 진행했다. 두 명씩 짝을 지어 가위바위보를 해서 진 사람은 열성 팬, 이긴 사람은 팬의 사랑을 가득 받는 스타가 돼보는 것이다. 팬은 스타를 따라다니며 '사랑해요', '고마워요', '무한 지지' 등을 외치며 열렬한 지지를 보낸다. 그리고 스타는 또 다른 스타와 만나 가위바위보를 하고, 진 사람은 이긴 사람의 팬이 되어 자신의 팬이었던 사람과 함께 열성적으로 사랑과 지지의 말을 외치며 따라다닌다. 그렇게 계속 가위바위보를 하며 활동을 이어가다 보면, 한 명의 스타가 탄생한다. 우리는 그 한 사람의 열성 팬이 되어 무한한 지지와 사랑을 보낸다.

　　때로 최종 스타가 된 사람은 모두가 자신을 지지하는 것을 바라보면서 울컥 눈물을 쏟기도 한다. 사는 동안 이런 무한한 지지를 받아본 일이 처음이라며 감동한다. 그러면 나는 '스타와 팬' 활동에 함께 참여한 모두에게 "학교 안의 동 학년 선생님이, 관리자가, 학생이, 학부모가 무한한 지지와 믿음과 사랑을 주는 곳이 학교여야 합니다."라고 말해준다. 그리고 지금 당장 바로 옆 사람부터 응원하고 지지해보자고 한다. 그러면 참여자들은 서로 안아주고, 손을 잡아주고, 지지와 응원의 말을 나눈다.

또 그 마음으로 누군가에게 해주고 싶은 격려의 말을 카드에 적도록 한다. 서로 인사를 나누며 카드의 글을 읽어주고, 카드를 바꾸고, 만나는 모든 사람을 토닥여주고 안아준다. 이것만으로도 활동을 함께 한 사람들 사이에 따뜻함이 흐르고 힘이 생긴다.

이런 활동을 통해 모은 격려 카드에서 몇 개 문장을 뽑아내 연결해봤다. 이 글을 읽는 모든 사람이 함께 힘이 났으면 하는 마음이다.

_____ 님, 지금 너무 멋지세요.
충분히 잘 하고 있어요. 완벽하지 않아도 괜찮아요. 두려워하지 마세요. 스스로를 믿으세요.
앞으로는 좋은 일만 가득하실 겁니다.
그리고 힘내세요. _____ 님, 고맙습니다.

인디힐링캠프

때로 현실은 상처받은
마음을 알아주고
위로해주기보다 상처를
헤집고 손가락질한다.

학교에서 상처받은 많은 선생님들을 만난다. 교사에게 완벽성을 바라는 학부모, 감정처리시스템이 제대로 작동하지 않는 학생, 혹시 모를 두려움에 교실에 웅크리고 있는 교사, 내면의 결핍을 원동력 삼아 승진한 관리자. 하지만 그들이 위로받을 수 있는 곳과 방법을 찾기는 쉽지 않다. 자신의 상처에 대해 누군가에게 이야기를 하는 것 또한 힘들다. 사회가 교사에게 완벽함을 요구하기 때문일지도 모른다.

교사의 상처가 줄고 마음속 불편함, 어깨 위의 짐이 줄게 되면 곧 반 학생들에게 더 나은 많은 것이 돌아간다. 하지만 현실은 교사가 심리적으로 불안정할 때 손을 잡고 괜찮다고 위로해주기보다 손가락질한다. 마음을 더 열지 못하고, 자신에게 생긴 상처나 어려움을 수치스럽게 생각하게 된다.

교사를 위한 작은 위로의 공간을 만들고자 나는 정유진 선생님과 인디스쿨을 기반으로 '힐링캠프'라는 이름의 워크숍을 몇 년째 계속해오고 있다. 매년 1월 초, 2박 3일 동안 진행하는 집단상담 프로그램이다. 나는 여기서 심리검사, 몸과 마음의 이완, 불편한 감정을 쓰레기통에 버리는 프로그램과 심리극 진행을 담당하고 있다. 정유진 선생님은 에니어그램 이론 기반으로 서로를 이해할 수 있는 시간과 EFT 기법으로 마음의 안정을 되찾는 프로그램을 운영하고 있다.

교직에 대한 열정이 식어버려서 다시 불을 지피고 싶어요.
학교를 그만둬야 하나 고민이 많아요.
좋은 교사가 되고 싶은데 힘들어요.

학교 안에서 받은 상처를 하소연할 곳을 찾다가 왔어요.

저에게 욕을 하는 학부모 때문에 생긴 두려움에서 이젠 빠져나오고 싶어요.

관리자의 일방적인 소통 속에서 생긴 화를 풀고 싶어요.

좋은 사람들 안에서 따뜻함을 느끼고 싶어요.

아이들과의 관계를 잘 만들고 싶은데 잘되지 않아 고민입니다.

자꾸 화를 내는 제 모습이 부끄러워서 도움을 받고 싶어요.

다음 해에는 담임을 더 잘할 수 있는 용기를 얻고 싶어요.

자꾸만 반 아이들 눈치를 보게 되는데, 이걸 바꾸고 싶어요.

위로받고 싶어요.

선생님들의 힐링캠프 참여 동기는 '학교에서 행복하게 살고 싶고, 학생들을 위해 더 나은 교사가 되고자 하는 마음'이었다. 힐링 캠프를 찾은 선생님들은 서로의 눈을 바라보면서, "선생님은 잘못되지 않았어요. 지금까지 최선을 다하셨어요."란 말을 하는 것만으로도 눈에서 눈물이 흘러내린다. 이렇게 서로 손을 잡아주고 안아주고 이야기를 들어주면서, 그렇게 다독이고 위로하면서 캠프가 시작된다.

2박 3일 동안 함께하는 위로와 격려 작업이 선생님들을 변화시키는 것을 본다. 학교로 돌아가 더 따뜻한 교실을 가꾸나가고, 자칫 크게 마음 상할 수 있는 외적 자극에도 흔들림 없이 생활할 수 있게 해주는 힘을 만든다.

힐링캠프 같은 이런 특별한 프로그램도 좋지만, 학교와 교육청, 지역 단위로 누구나 힘들 때 서로 모여서 위로하고 격려하는 프로그램이 상시로 운영되었으면 하는 마음이 많다. 그리고 힐링캠프 프로그램에 기꺼이 참여하는 선생님들에게, 박수를 보내주면 좋겠다. 자기 자신뿐 아니라, 교실과 학생들을 위한 노력을 하고 있으니 말이다.

Part 3 / 성장이란
것

아들의
파닥거림

"넌 이미 어려움을 극복한 적이 있어.

그 순간 열 번만 더 팔을 저었던 것처럼,

조금만 더 해보는 거야."

"아빠, 고민이 있어요."

아들이 내게 왔다. 초등 1학년인 아들은 수영을 배우고 있는데 곧 테스트가 있다고 한다. 길이 25미터 풀장을 자유형으로 한번에 왕복하면 지금 쓰고 있는 흰색 수모를 노란색 수모로 바꿔주는 시험이라고 한다. 그런데 3주 연속으로 도착점 가까운 곳에서 자꾸 힘이 빠져 멈추게 됐다면서 속상함을 토로했다.

수영장에 데려다주면서 수영하다가 멈추고 싶은 마음이 생길 때, (힘을 빼기보다) 마음속으로 '조금만 더!'와 '노란 모자'를 외치면서 열 번만 더 팔을 젓고 발차기를 해보라고 조언했다. 아빠는 수영장 유리창 밖에서 응원하겠다고, 마음의 손을 네 등 뒤에 올려놓겠다고 말해줬다.

멈추려는 순간 조금 더 해보는 것. 아들에게 그걸 가르쳐주고 싶었다. 우리의 삶 속에서 어려운 일은 앞으로 계속 등장할 것이고, 포기하고 싶은 순간도 찾아올 테니까.

유리창 밖에서 아이가 노란색 수모를 위해 수영하는 것을 지켜봤다. 아이는 선생님에게 배운 대로 열심히 팔을 저어 앞으로 나아갔다. 반대편 벽을 짚고 돌아서 도착점까지 오는 중에 속도가 느려지는 것이 확연하게 보였다. 도착점 7~8미터 정도 앞, 이곳이 아이가 말한, 힘든 곳이란 생각이 들었다.

그 순간 아이는 직전보다 두 배 빠른 속도로 팔을 젓고 발을 찼다. 안정된 수영 자세라기보다는 생존을 위한 파닥거림으로 보였다. 몸이 앞으로 죽 나가는 것이 보였고, 아이는 멈추지 않고 선생님이 있는 곳에 도착했다.

아이는 수영장에서 나오자마자 선생님에게 받은 '노란색 수모'를 들고 내게 왔다. 아빠 말대로 포기하고 싶을 때 열 번만 팔을

더 저었더니 성공했다고 말하는 아이의 얼굴에 뿌듯함이 가득했다. 나는 아이가 지난 3주 동안의 실패에도 지지 않고 다시 도전한 일과 그 성공을 축하했다.

아이에게 힘든 일이 찾아오고 포기하려는 마음이 들 때면, 나는 이 이야기를 들려준다.

"넌 이미 어려움을 극복한 적이 있어. 그 순간 열 번만 더 팔을 저었던 것처럼, 조금만 더 해보는 거야. 넌 이미 성공한 적이 있고 앞으로도 어려움을 이겨낼 거야."

사교성 2%

지금의 나는

완벽하다.

강원도 화천의 교사들을 위한 수업 코칭에 참여해달라는 연락을 받았다. 화천에서 보내준 영상을 토대로 수업을 하기 위한 토양에 해당하는 교실 속 교사와 학생들의 감정 역동을 분석하고 코칭하기로 했다.

   교사들을 직접 만나지 못한 상태에서 영상을 보고 분석한 자료를 글로 작성해 보내는 방식으로 진행하다 보니, 마음에 걸렸다. 내가 보낸 글에 대한 해석이 왜곡되어서, 내 의도와 달리 선생님들에게 실망과 좌절감을 안겨주지는 않을지 걱정이 되었다.

마음이 쓰여 가족들과 서울, 경기 지역을 일주일 정도 여행하기로 했던 일정 중 하루를 떼어 몇 시간이나마 화천의 선생님들과 만나기로 했다. 시간의 한계 때문에 LCSI 성격유형검사지에 대한 피드백 중심으로 이야기를 나누기로 했다. 개인의 성격은 수업 스타일, 학생과 관계를 맺는 방식, 감정처리 방법 모두에 연결되어 있어서, 이 검사지를 통하면 짧은 시간 동안 실제적이면서도 깊게 코칭할 수 있는 장점이 있다.

우리는 검사결과지를 가지고 서울교대에서 만나 이야기를 나눴다. 그중 한 분은 평소 교사로서 아이들에게 우호적으로 다가가는 모습이 중요하다는 신념을 가지고 있었는데, 검사결과지의 '사교성 2%'란 수치에 큰 충격을 받았다고 했다. 자기 자신에게 문제가 있다고 생각한다며 어떡하면 좋냐고 물었다.

사교성이 높으면 즉흥적이고 열정적이다. 하지만 사람들에게 긍정적 반응을 얻고자 하는 욕구가 높기 때문에 때론 불필요한 개입을 하게 되는 단점이 있고, 감정적으로 일을 처리하다 보니 나중에 후회하는 경우도 많다. 반면 사교성이 낮으면 말수가 적고 조용한 생활 방식을 선호하지만 생각을 깊게 하고 일에 합리적으로 접근한다. 성격에서 높은 사교성이란 이렇게 장점도 있지만 단점도 있다. 그런데 사교성이 낮은 사람들은 자신의 수치만 보고 단점만 가득할 거라 생각할 때가 많다. 사교성이 높은 사람들은 침착함과 꼼꼼함, 사려 깊음, 계획성과 완결성이 있는 사람들을 부러워한다는 것을 기억하도록 조언해줬다.

그리고 간단한 심리극으로 이미 충분히 잘하고 있는 자신의 모습을 돌아볼 수 있도록 도움을 줬다. 낮은 사교성보다는 높은 수용성과 신중성을 바라보도록 시선을 돌려줬다. 그러자 편안해지는 그를 볼 수 있었다.

우리는 완벽할 수 없고 앞으로도 완벽해질 수 없다. 내가 갖고 있는 장점에 초점을 맞추고,

내가 부족한 부분은 나를 바꾸기보다 다른 사람들과 손을 잡고 서로 도움을 주고받아야 한다.

그게 완벽함을 만드는 일이다.

스툴과
타이머

아이들이 문제가 아니라,
부모인 내가 방법을
찾지 않은 것이 문제였다.

심리극을 진행할 때면, 무서운 부모 때문에 어린 시절 몸이 움츠러들게 됐고, 성인이 된 후에도 권위적인 사람과의 관계 맺음에서 어린 시절의 감정이 투사되어 매사에 움츠러드는 사람을 종종 만나게 된다.

권위적인 사람 앞에서 움츠러드는 사람을 잘 살펴보면, 어렸을 적에 부모의 지지와 사랑과 믿음을 받지 못해 생긴 공허함과 감정적 부재가 현재의 관계에도 이어져 있는 경우가 많다. 이런 주제의 심리극을 경험하면서 가정에서의 나를 돌아볼 때가 많았다. 아빠인 내가 아이들에게 움츠러드는 몸을 만들게 하고 있진 않은지 되짚어보곤 했다.

나도 완벽하지 않기에 가끔 부끄러운 마음이 생긴다. 반 아이들에겐 질문법을 이용해 스스로 행동을 교정하도록 믿음과 기다림과 대화로 기다려주는데, 내 아이들에게는 종종 그렇게 하지 못한다. 덜 기다려주고 때론 명령조로 지시하거나 감정을 담아 꾸중하고 있는 나를 발견하기 때문이다. 그래서 더 나은 방법은 뭘까 고민하다가 '스툴'과 '타이머' 하나를 샀다.

문젯거리가 생기면 거실에 스툴을 놓고 타이머로 5분을 맞춘 뒤 스툴에 앉아 자신을 돌아보기로 했다. 그리고 시간이 지나면 함께 이야기를 나누기로 했다.

아이들은 크고 작은 일이 생길 때면, 5분 동안 스툴에 앉아 자신이 가족에게 준 불편함과 자신의 마음은 물론 가족들의 마음을 돌아보고 어떻게 하면 좋을지 생각해본다.

아이들에게 5분은 정말 긴 시간이었다. 아이들은 충분히 생각하고 해결책을 나와 아내에게 들려줬다. 우리 부부는 아이의 생각을 존중해주고 그 생각대로 일을 해결해보도록 했다.

사실, 부모인 내 감정을 조절할 수 있게 되어서 더 좋았다. 아이가 스툴에 앉아 생각하는 동안 나 또한 충분히 생각하게 됐으니까. 아이를 위해 내가 할 수 있는 일, 해주고 싶은 이야기 등이 차분하게 자리하는 것을 느꼈다. 스툴과 타이머는 아이들을 위한 것이라기보다 나를 위한 것이란 생각이 들었다.

이렇게 심리극을 진행하면서 진행됐던 주제와 주인공 덕분에 내 삶은 조금씩 달라지고 더 나은 방식으로 조각을 해나가는 듯하다. 이런 생각이 들 때면 심리극 주인공들에게 고마울 때가 많다. "심리극 주인공은 아니지만 함께하면서 도움을 받고 있다."고 한 참여자들의 말이 이해가 된다.

생각해보니, 아이들이 문제가 아니라 부모이자 교사인 내가 방법을 찾지 않았기 때문에 때론 감정적으로 내 아이와 내 학생들의 실수에 버럭 하지 않았나 싶다. 마음의 여유를 갖고 일이 생길 때마다 더 나은 해결 방법을 찾아보자. 우리 주변에 누군가는 비슷한 고민을 했고 잘 해결해나가고 있다.

불안감

불안감이 올라올 때면,
괜찮다고 나를 다독여주자.

한 선생님을 주인공으로 심리극을 진행할 때였다. 그녀는 마음속에 불안감이 많아 학생들은 물론 주변 사람들에게 속마음을 제대로 표현하지 못하는 고민을 갖고 있었다. 심리극은 불안감의 근원을 찾아가는 방식으로 진행됐다.

심리극 과정을 간단히 정리해보면, 그녀가 네 살 무렵에 생긴 일이 중요했다. 그때 남동생이 태어났고 그녀는 외갓집으로 보내졌다. 아빠는 대를 이어야 한다는 이유로 둘째인 남자아이가 건강하길 바랐고, 엄마는 몸이 약해서 아이 둘을 다 돌보기는 무리가 되었기 때문이다.

외할머니와 함께 살게 된 그녀는 그림을 그리거나 집 안팎을 돌아다니곤 했는데, 혼자였다. 부모님이 언제 자신을 데리러 올지 모르는 상황이었다. 그 과정에서 외로움이 깊게 박혔다. 나중에 집으로 돌아가게 됐지만, 가족들에게 추방당할지도 모른다는 두려움과 불안이 이미 생겨버린 상태였고, 눈치 보는 아이로 자라났다. 하고 싶은 말을 주변 사람에게 제대로 하지 못하고, 자신의 생각과 말을 꿀꺽 삼키게 됐다. 부모가 원하는 아이로 자신을 조각하며 자라게 됐다. 어린 시절 깊이 뿌리내린 불안감은 현재 그녀를 둘러싼 여러 관계에 영향을 미치고 있었다.

심리극이 진행되는 공간을 조금 어둡게 만든 뒤, 네 살 아이가 혼자 외롭게 앉아 울고 있는 장면을 연출했다. 그녀에게 그 모습을 바라보게 하고, 과거의 나에게 다가가도록 했다. 그녀는 네 살의 자신을 껴안고 괜찮다고 다독였다. 그 옆에는 불안감을 상징하는 한 사람을 세운 뒤, 바라보도록 했다. 그녀에게 그 사람을 마주 보면서 이렇게 말하도록 했다.

"그동안 날 지켜줘서 고마워."

그러자 그녀는 눈물을 흘리며 불안감의 손을 잡았다. 나는 그녀가 더 상처받지 않도록 불안감이 보호자처럼 지키고 있었음을 알려줬다. 그녀에게 불안감은 더 이상 나쁜 것이 아니었다. 이후 심리극은 불안감에게 고마운 마음을 충분히 표현하고, 불안감을 조금씩 떠나보내는 흐름으로 진행됐다.

그로부터 시간이 좀 지나서 다시 만난 그녀는, 불안감의 근원을 알게 된 것만으로도 삶이 바뀌었고, 무언가 마음이 불안할 때면 자신 안의 어린아이를 다독다독하면서 잘 지내고 있다는 이야기를 들려줬다. 변화된 얼굴과 모습이 보기 좋았다.

혹시 이처럼 어린 시절에 경험한 외로움으로 인해 불안이 가슴 깊이 자리하고 있다면, 잠시 눈을 감고 어린 나를 떠올려보자. 다가가서 안아주고 이렇게 말해주자.

"괜찮아. 이젠 괜찮아."

무게감

무엇이든지 조금씩 쌓으면 된다.

언젠가 그 무게가 느껴진다.

내 첫 번째 책 이야기다. 하루는 내 교실로 출판사 대표님이 찾아 오셨다. 감사하게도 내 삶의 이야기를 책으로 출간하면 좋겠다고 했다.

그렇게 내 첫 번째 책을 쓰게 됐지만, 글쓰기는 쉽지 않았다. 썼다 지웠다를 반복하면서 어떻게 내 삶의 경험을 글로 잘 담아낼 수 있을까에 대한 고민이 깊어졌다. 원고의 진척 없이 한 달이 지 났을 무렵 "완벽하지 않아도 괜찮아요. 선생님이 다 하실 필요는 없어요. 편집자가 할 일도 주셔야지요."라며 대표님이 날 다독이셨다. 마음이 좀 편해졌다. 완벽하지 않아도 된다고 나를 다독인 뒤, 매일 조금씩, 쓸 수 있는 만큼 글을 쓰기로 마음먹었다.

그러자 글쓰기에 탄력이 붙기 시작했다. 어떤 날은 짧은 글을, 어떤 날은 긴 글을 쓰게 됐고, 매일 쓴 분량에 감사해하며 흐름을 이어나갔다. 컴퓨터에 문제가 생겨 한글파일이 사라질까 걱정돼서 그날그날 썼던 글을 출력해 책상 위 작은 바구니에 넣어두었다.

시간이 지나 바구니 안의 A4 용지들을 정리하려고 종이 뭉치를 들어올렸다. 상당한 무게감이 느껴져 놀랐다. 조금 더 높게 들어올려 살펴보니 매일 2~3장씩 쌓여 300장이 넘는 종이 뭉치가 되어 있었다. 그 순간의 무게감이 근사하게 느껴졌다. 자연스레 글쓰기는 더 탄력을 받았고, 더 많은 종이가 쌓였고, 시간이 지날수록 원고 뭉치 무게감은 더 근사해졌다. 시간이 더 지나 인쇄소에서 완성된 책이 내 손에 도착했을 때, 한 손에는 프린트한 원고 뭉치를, 다른 한 손에는 완성된 책을 들고 눈을 감아봤다.

'아, 이 근사한 무게!!'

어떤 일이든 그냥 생기는 것은 없고 A4 용지를 쌓아올리듯 꾸준히 해야 한다는 생각을 했다. 이 경험을 떠올리며 공부를 할 때는 물론이고 운동과 내 삶을 만들어가는 모든 것에 꾸준함과 함께 조금씩 쌓아야 한다는 신념이 생기게 됐다. 어려운 일을 앞두고 긴장하는 일도 줄어들게 됐다.

지금도 힘들고 답답한 일이 생기면 때때로 원고 뭉치를 들고 서서 잠시 눈을 감아본다. 내가 하루 동안 조금씩 쌓아올렸던 일을 떠올려본다. 그러면 손에 들고 있는 원고 뭉치의 무게가 내게 위로와 안정을 만들고 힘을 끌어올린다. 언제나 작은 것이 모여 큰 것이 되고 작은 변화는 큰 변화로 이어진다.

질투심

나는 그가 될 수 없고
그도 내가 될 수 없다는 것을 인정하고,
내가 잘하는 것에 더 몰입하자.

질투심을 일으키는 사람을 만날 때가 있다. 자꾸 내가 형편없게 느껴지고 때론 그 사람이 미워지기도 한다. 내게 없는 것이 그에게만 있는 것처럼 느껴져 내가 초라하게 느껴질 때도 있다.

누군가에게 질투심이 생긴다면 눈앞에 보이는 그의 모습 외에 그의 성장, 고민, 상처, 그리고 그 뛰어나게 보이는 부분을 어떻게 만들어왔는지 과정을 살짝 물어보는 것이 좋다. 그러다 보면 그의 노력, 배움, 그리고 거기에 들였던 감춰진 시간을 알게 된다. 이야기를 더 나누다 보면 세상엔 그냥 되는 것은 없고 정성이 있어야 한다는 것을 알게 된다. 무엇보다 그의 이야기를 듣다 보면 내 삶을 어떻게 조금 더 근사하게 조각할 수 있을지에 대한 힌트를 얻을 수 있다. 그리고 그의 삶을 이해하면 할수록 질투가 존경심으로 바뀌는 놀라운 경험을 하게 된다.

내게도 심리치료와 심리극 분야에서 질투심을 일으키는 몇 명이 있다. 이야기를 나누고, 그들이 했던 노력과 배움의 과정을 따라 해본 적이 있다. 그 과정 속에서 질투심은 존경으로 변했고, 그가 10년 만에 이뤘다면 난 9년 만에 될 것이라고 생각하면서 나를 다독였던 적도 있었다.

그런데 하루는 그가 내게 질투심이 일어난다는 말을 했다. 그 또한 그가 잘 해내는 것이 있지만 해내지 못하는 것이 있고, 그걸 내가 잘 해내는 것을 보며 질투심을 느낀다고 했다. 서로를 질투하다니. 하하하.

그래서 서로 손을 잡아야 하나 보다. 함께 하면 서로를 보완하고 더 큰 힘을 만들어내니까.

민원 전화
두 통

흔들리지 말자.
우리는 우리가 옳다고
믿는 것을 행하면 된다.

교감실로 전화가 걸려왔다. 선생님이 숙제를 내주지 않는다면서 학원처럼은 아니지만 아이가 집에서 공부할 수 있도록 뭐라도 챙겨달라는 내용이었다. 마침 학부모 상담 기간에도 그와 유사한 내용이 몇 건 있었다며, 부장 회의가 소집됐다. 평소보다 조금 더 숙제를 내는 것이 좋겠다는 전달이 왔다. 이런 전달이 오면 보통은 잘 따르는 게 교사들이다. 나는 주말 숙제로 체험을 하거나 탐구 보고서 활동 등을 하도록 가정 연계 과제를 냈다.

그로부터 며칠 뒤, 교감실로 전화가 걸려왔다. 숙제가 너무 많

160

으니 줄여달라는 내용이었다. 아이들 숙제가 많아서 그걸 다 챙기자니 부모들에게 스트레스가 될 뿐 아니라, 학원 숙제도 많은데 학교에서 보내는 숙제까지 더해져서 아이가 고통을 받는다는 내용이었다. 또 한 번 부장 회의가 소집됐고, 양을 조절해서 숙제를 내면 좋겠다는 전달이 왔다.

이런 일이 생기면, 이솝 우화의 『부자와 당나귀』가 떠오른다. 당나귀를 팔기 위해 아빠와 아들이 함께 길을 나섰는데 길에서 만난 사람들의 이야기를 듣고 당나귀에 아들을 태웠다가, 당나귀에 아비가 탔다가, 결국 당나귀를 막대에 묶어 부자가 들고 가다 당나귀가 물에 빠져 죽는다는 이야기 말이다.

요즘 민원이 그렇다. 한 가지 사건에 정말 다양한 요구가 쏟아진다. 민원에 따라 학교 규칙이나 교사들의 학급 운영 방식이 쉽게 바뀌진 않지만, 학교에 혼란이 발생하는 것을 종종 본다. 관리자의 개인 성향이 민원에 크게 영향을 받기도 하고 학교 시스템에 변화가 오기도 한다. 민원을 잘 살펴보면, 자신이 누구의 학부모인지 밝히지도 않고 대화보다는 자신이 하고 싶은 말만 하고 끊어버리는 경우가 많다. 민원인의 자녀도 좋고 학교도 좋을 지점을 염두에 두고 하는 민원은 갈수록 줄어들고 있다.

민원 전화 두 통에 중간에서 이러지도 못하고 저러지도 못할 때가 가끔 생긴다. 이럴 땐, 내가 옳다고 믿는 일들을 행한다. 민원 전화 몇 통이 모든 학부모를 대표하지 않는다는 말을 내게 하면서 밴드에 투표로 학부모의 여론을 확인해보면서 무엇이 더 진실에 가까운지 파악한다. 불평불만이 가득한 한두 사람이 전체를 휘두르는 일이 없도록.

깨어
있기

과거를 아무리 떠올려도
바꿀 순 없다.
현재를 바라보자.

여행 중 점심밥 때를 넘겨버렸다. 눈에 보이는 식당에 들어가야지 하는 생각으로 국도를 달리다 그만 고속도로에 진입하고 만 것이다. 차들이 달리다 서다를 반복하여, 한마디로 길이 꽉 막혀서 휴게소에서 밥을 먹으려고 했던 계획도 깨졌다. 배는 고파왔고, 신경은 예민해져 짜증이 올라왔다. 운전하면서 조금 전 상황을 떠올리니 후회가 몰려왔다. 좀 허름하게 보였지만 갓 출발했을 때 보였던 식당에 갔더라면, 주차장에 있던 푸드트럭에서 분식이라도 사 먹었더라면, 차 안에 에너지바라도 미리 챙겨둘 것을. 그렇게 여러 상황을 떠올려보고 조합해봤다.

그런데 갑자기 옆에서 아내가 비명을 질렀다. 깜짝 놀라 앞을 보니, 바로 앞에 차가 정지하고 있었다. 온몸에 힘을 주며 브레이크를 꽉 밟았지만, 그만 충돌하고 말았다.

정신을 차려보니 핸들 사이로 에어백이 쭈글쭈글 튀어나와 있고, 화약 냄새가 나는 흰 연기가 나를 감싸고 있었다. 앞 유리에 금이 가도록 터진 옆자리 에어백 앞엔 아내가 멍하게 앉아 있었다. 아이들 생각에 놀라서 고개를 돌려보니 아이들도 역시 멍한 채로 앉아 있었다.

다친 사람이 없어 다행이란 생각에 숨을 쉬고 마음을 조금 진정시킨 뒤, 차에서 내렸다. 앞차로 가서 죄송하다고 고개를 몇 번이나 숙여 사과하고 나서 보험사로 전화를 걸었다. 순간 대각선 방향으로 조금 멀리 떨어진 곳에 SUV 한 대가 크게 찌그러진 채로 멈춰 있는 게 보였다. 그 차에서 한 남자가 내리더니 구토를 하며 도로에 주저앉았다. 혹시나 하는 마음에 블랙박스 영상을 확인해보니, 그 SUV는 내 차와 충돌해 튕겨나갔고, 내 차는 그 앞의 차까지 받고서야 멈춘 상황이었다. 놀라서 SUV 차량으로 다가갔더니 뒷자리에서 학생들이 나를 원망스러운 눈으로 쳐다보았다. 이 사고로 누군가 크게 다치거나 죽었을까 봐 손이 달달 떨리기 시작했다.

감사하게도 크게 다친 사람은 없었다. 사고는 잘 마무리됐다.

나는 그 상황을 곱씹어보았다. 눈을 뜨고 앞을 보며 운전을 하고 있었지만, 실제론 눈앞의 것을 보지 않고 생각 속에 있었다. 그제야 오랫동안 심리치료 공부를 하면서 자주 들었던 '깨어 있어라'라는 말이 이해됐다. 내가 깨어 있지 않으면, 내 가족을 사고로 죽게 하고 다른 사람의 가족도 사고로 죽일 수 있었겠다는 생각이 들었다. 그 뒤론, 운전을 할 때 내 눈이 과거나 생각 속으로 가지 않도록 현실 어딘가에 초점을 맞추게 됐다.

지나간 일은 아무리 떠올려봤자 바뀌지 않는다. 현재 내 삶이, 앞으로 만들어갈 미래가 중요하다.

담배

"누구의 사랑이 필요해서
담배 연기를 빨아들이나요?"

경찰악대에서 군생활을 하면서 담배를 배웠다. 제대한 후에도 마음이 답답하거나 지칠 때면 구석진 곳에 쪼그려 앉아 담배를 피웠다. 교사가 된 뒤에는 담배를 끊고자 했는데, 쉽지 않았다. 외롭고 힘든 일이 주변에 가득했던 내게 나를 위로해주는 친구와도 같았으니까.

가족치료 기법을 배우던 어느 날, 끊고 싶지만 다른 한편으로 친구와도 같은 담배를 워크숍 주제로 올리면 어떨까 하는 생각이

들었다. 워크숍 당일 나는 담배와 나에 대해 탐색해보고 싶다고 했고, 치료사는 이에 동의해주었다.

심리극 진행에 앞서 치료사가 내게 물었다.

"누구의 사랑이 필요해서 대체품인 연기를 빨아들이나요?"

순간 몇 개의 단편적인 기억들이 떠올랐다. 먼저 내가 어렸을 때 손가락을 빨던 모습이 떠올랐다. 일하는 엄마 옆에서 울지 않기 위해 손가락을 빨고 있던 나. 사우디아라비아에서 근로자 생활을 하느라 몇 해째 부재중이었던 아빠.

심리극은 내가 아주 어렸을 때를 재연하는 방식으로 진행되었다. 일하는 아빠와 엄마 쪽으로 손을 뻗고 쪼그려 앉아 있는 내 모습이 보였다. 어린 나는 "~주세요.", "나는 지금 아빠, 엄마가 필요해요."라고 말하고 있었다. 어린 나에게 다가가 안아주고 다독여주었다.

친구 같은 담배에 대한 극은 이후 조금 더 진행됐다. 담배 역으로 한 사람을 세우고, 그의 눈을 바라보면서 "그동안 내 옆에서 날 위로해줘서 고마웠어."라고 말했다. 그 순간 뭔지 모를 감정이 북받쳐 오르면서 눈물이 흘렀다.

잠시 후, 나는 치료사의 조언에 따라 "이젠 네가 아니라, 배우는 즐거움과 나를 둘러싼 주변에서 행복을 빨아들일 거야. 그러니 이제 한 걸음 뒤로 가줘."라는 말로 담배를 떠나보내는 의식을 행했다. 담배로부터 점점 멀리 떨어지고, 몸을 돌려 내 앞에 서 있는 더 많은 즐거움과 행복을 바라보는 것으로 마음과 몸이 뿌듯하게 차올랐다. 그리고 그 모든 상황이 내게 깊게 자리했다.

집으로 돌아온 후, 신기하게도 담배를 입에 댈 때면 아빠와 엄마에게 손을 뻗고 있던 어린 내 모습과, 담배를 떠나보내고 몸을 돌렸던 심리극 장면이 떠올랐다. 그와 동시에 담배 맛이 독하게 느껴졌고 냄새도 역해졌다. 그렇게 난 담배와 작별할 수 있었다.

두려움

무서워하는 아이를 다독거려
힘을 내도록 만들다.

3학년 담임으로 근무하던 어느 날 학부모 한 분이 전화로 도움을 요청했다. 아빠와 엄마 모두 일하러 가서 아직 돌아오지 않은 빈 집에서 아이가 혼자 있다가 우편물을 개봉해 읽어보았는데, 그 뒤로 밝은 낮에도 혼자서는 집 밖으로 나가지 않을뿐더러 나가는 것 자체를 힘들어한다는 내용이었다.

여성가족부에 따르면 청소년 이하 미성년 대상으로 범죄를 한 자에(법무부에서는 성인 대상으로 범죄를 한 자) 대해 동네 주민에게 우편 고지를 하는 제도가 있다. 성범죄자가 전출입 시 그 사람의 얼굴 및 신체 사진이 첨부된 문서에 간략한 개인 정보와 범죄 내용을 담아서 동네 사람들에게 보내주는 것이다. 성범죄자에 관한 우편물 속 사진은 아이에게 무서움을 불러일으켜서 하교 후에도 집에 혼자 가지 못하게 되었고, 엄마가 일하는 중간에 짬을 내어 아이를 데리러 오는 일이 계속되었다. 고민하다 담임이 심리치료를 전공했다는 게 떠올라 연락을 했다고 했다. 학부모와는 우선 아이와 이야기를 해보겠다고 하고 전화를 끊었다.

다음 날 아침, 나는 아이와 함께 상담실로 갔다. 아이에게 성범죄자에 관한 편지를 보고서 마음이 어떠했는지 물어보았다. 아이는 그 얼굴이 자꾸 떠오르고, 그 사람을 길에서 만날 것 같아 무섭다고 했다. 그래서 짧은 심리극을 진행하게 됐다. 상담실에 있는 여러 의자 중 하나에 앉도록 한 뒤, 경찰 아저씨*처럼 생각하고 말하기로 했다.

> "경찰 아저씨, 이런 편지를 보내는 이유
> 가 뭔가요?"

● 아이의 이해를 돕기 위해 여성가족부가 아닌 경찰관으로 설정함.

"음, 조심하라고 보낸 거지."

내 질문에 아이는 천천히 답했다. 아이 앞에 빈 의자를 끌어다 놓고 의자를 가리키며 다시 질문했다.

"경찰 아저씨, 저 초등학교 학생이 편지를 보고 무서워서 길을 가지 못한다는데요. 그 편지는 학생들을 무섭게 하기 위해 만든 것인가요?"
"아니요."
"경찰 아저씨, 저 아이가 무서워하는데 한마디 해주세요".
"음, 너무 무서워하지 마."

보통 범죄자 역할은 부여하지 않는 편인데, 이번에는 의자 하나를 더 놓고, 편지 속 아저씨가 되어보자고 말하며 아이에게 의자에 앉으라고 했다. 아이가 의자에 앉자마자, 나는 아이 주변에서 A4 용지를 뿌려댔다. A4 용지를 한 장씩 의자 위에 깔고, 바닥에도 깔고, 하늘로 날리고, 계속 뿌리면서 이야기를 했다.

"이 사람을 조심하세요! 이 사람 얼굴은
이렇게 생겼어요! 범죄 사실과 집 주소
도 알려드릴게요!"

그런 뒤, 고개를 돌려 범죄자 역을 하고 있는 아이에게 물었다.

"아저씨, 이렇게 얼굴이 온 천지에 깔리
니 어때요?"

그 순간 아이의 눈이 반짝이면서 작은 미소가 번졌다. 아이는
이렇게 답을 했다.

"사람들이 날 알아볼까 봐 돌아다닐 수
없어요! 집에서 나가기 싫어요!"

다시 의자 하나를 끌어다놓고 아이에게 옮겨 앉으라고 하며 선
생님 역할을 하도록 했다. 무서워하는 반 아이에게 조언을 해달라
고 했다. 나는 아이의 역할을 하겠다고 하고는 그 앞에 마주 앉아
오들오들 떨면서 말했다.

"선생님 무서워요! 저 아저씨를 만날까
봐 길을 못 다니겠어요."

그러자 선생님이 된 아이는 반짝이는 눈으로 힘 있게 답을 해
줬다.

"괜찮아. 저 편지 때문에 그 아저씨는
밖에 나오지 못해. 생각해봐. 많은 사람
들이 널 알아본다고 생각해봐. 마음이
불편할걸."

다시 처음의 자리로 돌아왔을 때, 아이는 그 무서운 아저씨는
사람들이 많거나 밝을 때는 쉽게 돌아다니기 어렵겠다면서, 씩씩
하게 집에 가겠다고 했다.

그날 수업을 마치고 아이는 진짜 혼자 하굣길에 올랐다. 집에
잘 도착해 내게 연락을 했고, 그다음 날 또 그다음 날에도 엄마에
게 전화하는 일 없이 혼자서도 집에 잘 가게 됐다.

돌아온
빼빼로

자신이 한 실수를 만회하려고,
되돌리려고 노력하는 태도는
정말 훌륭한 삶의 태도이다.
그간 얼마나 많이 고민했을까.

11월 11일, 다이어트와 운동을 겸하고 있는 중이어서 아내에게 선물받은 빼빼로를 먹지 않고 교탁 속 선반에 올려놓았다. 먹을 날짜와 시간을 정해놓긴 했지만, 배가 고플 때마다 힐끔거리며 '기다렸다 먹으면 더 맛있어.'라고 생각하면서 스스로를 달랬다. 그리고 드디어 빼빼로를 먹기로 한 날, 점심을 평소의 반만 먹고는 서둘러 교실에 왔더니만, 빼빼로가 없다. '진작 먹을 것을.' 하는 생각이 들었지만, 이 사건이 교실 안에서 발생했으니 '교육적'

으로 풀어보자 싶었다. 나는 형사나 탐정이 아닌 '교사'니까.

점심시간이 끝나고 아이들이 다 모였을 때, 내 마음이 잘 전달될 수 있도록 있는 그대로의 감정을 표현하며 이야기를 시작했다.

"선생님이 선물받은 빼빼로가 사라졌구나. 이 빼빼로는 아내에게 선물받은, 너무나 소중한 것이란다. 선생님은 너무나 슬퍼. 빼빼로를 가져간 사람의 간절히 먹고 싶어했을 마음이 이해되긴 하지만, 내일 원래 있던 자리로 빼빼로를 다시 돌려주면 고마울 것 같아. 누구나 실수는 할 수 있어. 그 실수를 만회하는 멋진 모습을 보고 싶구나."

다음 날 아침 출근해서 보니, 언제 사라졌었냐는 듯 빼빼로가 교탁 안에 있었다. 아, 감사해라! 하지만 자세히 보니, 아내가 빼빼로에 붙여두었던 하트 스티커가 없었다. 같은 빼빼로이긴 한데…. 그래도 누군가 어제 내 이야기를 듣고 이곳에 같은 것을 두려고 고민을 했겠단 생각이 들었다. 스티커가 붙어 있지 않아도 괜찮았다.

"그래, 누군지 정말 고맙다. 이렇게 자신이 한 실수를 만회하고 되돌리려고 노력하는 태도가 우리 삶에서 정말 중요한 거라고 생각해. 얼마나 많이 고민했을까. 이 일이 그 친구의 삶에 큰 생각거리로 남길 바란다."

반 아이들에게 이렇게 말하고는 '교실은 안전한 공간으로 자리
해야 하며, 물건 하나하나가 모두 존중받아야 한다'는 것에 대한
이야기를 나눴다. 아이들은 빼빼로가 다시 돌아온 것을 함께 기뻐
해줬고, 나는 그 빼빼로를 작게 조각내어 다 같이 나눠 먹었다.

　사실, 전날 오후에 출장을 가려고 학교를 나섰다가 휴대전화를
교실에 두고 온 것을 알고 교실로 돌아갔었다. 그러다 우리 반 학
생 한 명이 조심스럽게 교실에 들어가는 것을 봤다. 그 순간 알아
차렸고, 녀석이 당황할까 싶어서 다른 반 교실로 살짝 들어갔었
다.

눈치가
보여요

때로는 자신의 속마음을

상대에게 솔직하게

표현해보자.

워크숍에 온 선생님 중 반 아이가 일기장에 '노잼'이라는 글을 썼는데, 그게 자신 탓 같고 자꾸만 수업 시간에 그 학생의 눈치가 보인다는 분이 있었다.

우리는 그 즉시 심리극을 해보기로 했다. 워크숍 참여자 중 한 사람을 학생 역할자로 세우고, 그 앞에 학생 눈치를 보는 선생님을 세웠다. 학생 대역일 뿐인데도 선생님은 눈을 제대로 맞추지 못하는 모습을 보였다. 그래서 선생님을 학생 역할자와 자리를 바꾸게 한 뒤, 학생처럼 생각하고 대답하도록 요구했다. 맞은편에는

177

선생님 역할자를 세웠다.

"네가 일기장에 '노잼'이라고 쓴 이유가 뭐니?"

"그냥요."

"그래? 선생님을 힘들게 하려고 쓴 것 아니야?"

"아니요. 일기 쓸 때, 그냥 기분이 그랬어요."

"그랬구나. 선생님은 자기 때문에 그런 줄 알고 있어. 맞니?"

"아니요. 선생님 때문에 그런 것 아닌데요."

"선생님이 네 눈치 보고 있는데, 느껴지니?"

"오우, 죄송한데요."

"선생님이 저런 모습인 것에 대해 어떻게 느끼니?"

"제가 쓴 말 때문에 상처받고, 신경 쓰고 계셨나 봐요."

"선생님이 너에 대한 마음을 어떻다고 이야기한 적이 있니?"

"아니요."

나는 학생 역을 한 선생님에게 다시 원래의 선생님으로 돌아오
도록 한 뒤, 무엇을 알게 됐는지 물어봤다. 학생의 의도는 그게 아
니었는데, 혼자서 너무 크게 생각하고 있었다면서 마음이 조금 편
안해졌다고 했다. 그래서 교실로 돌아가거든 학생과 이 일에 대해

이야기를 나누되 꼭 속마음을 표현하라고, 숙제를 내줬다.

나중에 선생님에게 그 이야기를 물어봤더니, 정말로 별일 아니었다고, 선생님이 그 문구 때문에 마음이 힘들었다는 말에 아이는 어쩔 줄 몰라 하며 더 예의 바르게 행동했다는 이야기를 들려줬다.

때론 속마음을 상대방에게 표현해도 괜찮다. 많은 사람들이 속마음을 표현하는 것이 상대방에게 해가 될까 우려하지만, 때론 생각을 이야기하고 감정을 이야기할 때 사람들 간 관계문제가 한순간에 해결된다. 상대방도 이야기해줘야 안다. 그리고 상대방에게 이야기했을 때 어떤 일이 생기는지 관찰하고 기록해보자. 해봐야 안다.

무서운 사람이
되고 싶어요!

내 스타일대로 살자.

워크숍 도중, 한 분이 '학생들에게 무서운 교사'가 되고 싶은데 그게 쉽지 않아서 고민이라며 이야기를 꺼냈다. 학부모 상담 중에 "가끔 선생님도 화를 내면 좋겠어요."라고 피드백을 받았고, 이후 몇 차례 아이들 앞에서 화를 내보려 했지만 잘 되지 않았고, 아이들이 이상하게 바라봐서 속만 상했다고 했다. 마침 비슷한 주제로 고민하는 사람들이 많아서 짧은 심리극을 진행했다.

교실에 있는 평범한 학생을 떠올려보라고 했다. 그리고 학생을 연기할 만한 사람을 찾아 선생님 앞에 서게 했다. 서로 공단 천의

양 끝을 잡고 서되, 선생님에게 천을 잡아당기며 할 수 있는 한 최대한 화를 내보라고 했다.

그런 다음, 선생님과 학생이 서로 자리를 바꾸어 마주 보게 했다. 학생 자리에 선 선생님에게 학생처럼 생각하며 학생의 눈으로 앞에 있는 선생님 역할자를 보도록 했다. 그리고 조금 전 선생님이 화내던 모습을 그대로 재연해줬다.

"야!!"

선생님 역할자가 "야!"라고 말하는 것을 본 학생 역할의 선생님은, 그 모습이 전혀 무섭게 느껴지지 않는다며 피식 웃었다. 그래서 나는 학생 역의 선생님에게 조언 한마디를 청했다.

"선생님, 그건 선생님 모습이 아닌 것 같아요. 정말 어색해요. 자연스럽게 하는 게 더 좋은 것 같아요. 그냥 하던 대로 하세요."

나는 그 선생님에게 학생이 아닌 원래 자리로 돌아가게 했다.

그리고 다시 선생님이 되어 학생이 하는 말을 들어보라고 했다. 학생의 말이 끝나고, 나는 선생님에게 무엇을 알게 됐냐고 물어봤다. 그러자 "학생의 눈으로 보니, 제가 평소와는 다른 스타일의 옷을 입은 듯 어색했어요."라고 말했다. 그리고 "화를 내려고 노력하다가 저만 더 속이 상하겠네요. 그냥 저답게 살래요."라고 했다.

심리극을 마무리하는 자리에서, 선생님은 자신만의 따뜻한 미소와 부드러운 목소리와 동작으로 반 아이들을 사랑하고 아껴주는 마음을 더 키워나가겠다는 다짐을 들려줬다.

화를 잘 내지 못해서 고민이라면, 그 고민을 내려놓자. 선천적으로 화가 어울리지 않은 사람도 많다. 사실, 화를 내거나 공포 분위기를 조성해서 다른 사람의 태도를 바꾸는 것은 일시적이고 존중받을 수 없는 방법이다. 또 당신에게 그럴 필요가 있다고 하거나 그런 태도를 요구하는 사람은 아주 일부이다. 그러니까 내 스타일대로 살자.

변화는
어떻게 올까

내게 생긴 어려운 일이
오랜 시간에 걸쳐 생긴 거라면,
다시 그만큼의 시간을
보내야만 변화가 생긴다.

— 선생님, 선생님만이 저를 살릴 수 있을 것 같습니다. 오늘 저를
꼭 만나주십시오.

한 선생님에게서 문자가 왔다. 전날 교사 모임에서 인사를 나
눈 분이었다. 그는 내가 교사를 위한 '성장교실'을 운영하면서 연
수도 하고 이런저런 어려움도 들어주고 한다는 이야기를 다른 선
생님에게서 전해 들은 듯했다.

하지만 그때 나는 가족과 주말여행 중이었다. 그를 바로 만나러 가기는 어려웠다. 그래서 문자 메시지로 사정을 물어봤더니, 학교에서 힘든 일이 있는데 나를 만나면 그 문제가 해결될 것 같다는 답변이 왔다.

얼마나 간절했으면 잘 알지도 못하는 내게 연락을 했을까. 고민의 정도가 깊어 보여서 함부로 문자나 전화로 조언을 하지 않았다. 애매한 솔루션이 자칫 실망감을 줄 수도 있으니까. 대신에 내가 도움을 받았던 센터와 스승들을 소개해주었다. 그분들이라면 그에게 적절한 도움을 줄 수 있을 거라고 생각했다. 그런데 다시 돌아온 답문자에 나는 깜짝 놀랐다.

– 저를 만나주지 않으시면 제가 잘못되는 것은 선생님 책임입니다. 저에 대해서 만나보지도 않고 저를 판단하고 함부로 치료법을 추천하다니요. 당신은 자격이 없습니다.

가슴속에 정말 화가 많이 있는 분이라는 생각이 들었다. 난, 단지, 돕고 싶었을 뿐인데 말이다. 그래서 그리 말씀하시니 속상하다고 했다. 오해하지 마시고, 선생님이 잘 되고 고민이 잘 해결되면 좋겠다는 마음도 함께 보냈다.

종종 어렵다. 어떻게 했어야 했나, 고민될 때도 있다. 가끔 이런 문자 메시지나 만남 요청을 받으면 사람들을 돕겠다는 마음이 혼란에 싸인다. 누군가와 대화 중에 내게 불편한 마음이 생기면 내가 감당할 수 있는 일이 아니라 생각해서, 센터나 다른 워크숍, 다른 프로그램을 소개하게 됐는지도 모르겠다.

다른 사람 또는 다른 프로그램이 나의 문제를 한방에 바꿔줄 거란 판타지가 있는 사람이 있다. 내게 생긴 어려움이 오랜 시간에 걸쳐 생긴 거라면, 내 문제가 해결될 거란 믿음을 갖고 전문가에게 비용을 지불하거나 문제를 해결하기 위해 일정 시간과 공을 들여야 한다. 한 번의 상담, 한 번의 만남이 내 삶을 완전히 바꿀 수 있을 거란 생각은 판타지이고, 상대방을 불편하게 하는 방식도 내려놓아야 한다.

온라인과
오프라인

페이스북, 인스타그램, 블로그 등을 통해 전 세계 사람을 만날 수 있는 시대다. 세상의 온갖 소식과 정보를 글과 사진과 영상으로 접하면서 감사할 때가 많다.

SNS를 통해 내가 잘 알지 못했던 다양한 분야의 지식과 정보를 접하고 배울 수 있으며, 같은 현상에 대해서도 다양한 관점과 해석을 볼 수 있고, 나눔의 도구로도 활용할 수 있어 참 고마운 곳이다. 또한 나는 온라인을 통해 '함께 성장'을 누리고 있다.

SNS에 올라오는 글을 읽으며 글쓴이를 상상해본다. 굉장히 따

like-tiger

♡ ◯ ◁

좋아하는 사람 bear님외 11명

like-tiger

◯ ◁

좋아하는 사람 tiger님외 19명

187

뜻한 사람도 있고, 까칠한 성격의 사람, 전문가 포스가 팍팍 풍기는 사람도 있다. 실제로 만나보면 좋겠다는 생각을 자주 한다. 오프라인 만남으로 이어지는 귀한 자리가 생기기도 한다. 그러면 SNS의 이미지보다 몇 배로 따뜻하고, 소탈하고, 배려심 깊고, 나누려는 것을 보고 감탄하곤 한다.

때론 온라인과 오프라인이 다른 분들도 만난다. 굉장히 따뜻할 거라고 생각했던 사람이 우울한 얼굴로 소통하기도 하고, 사회적 현상에 대해 촌철살인 날카로운 기를 내뿜던 사람이 해맑은 웃음으로 또 쑥스러운 모습으로 대화하기도 하고, 자기와 맞지 않는 것은 틀렸다고 단언하고 모든 것을 비난하고 비판하면서 파워풀한 글을 쓰는 사람이 몸을 웅크린 채 사람들의 눈을 제대로 쳐다보지 못하는 경우도 있었다. 그런 사람들을 보면, 온라인상에서 나와 다른 이미지를 만들게 된 이유가 있을 거란 생각을 한다.

몸은 감정과 연결되어 있고, 글에서 드러나는 이미지는 얼마든지 꾸밀 수 있다. 실제 만남에서 주는 이미지, 몸이 우리에게 주는 메시지가 더 중요하지 않을까. 밖에선 친절한데 안에선 고함지르는 어떤 가장처럼, 온라인과 오프라인이 다른 삶은 위선적이다. 밖에서 친절하고 안에서 더 친절한 모습이 좋지 않을까?

나부터 온라인 안과 밖의 이미지가 일치하는 삶을 살고자 한다. 위로와 격려를 나누는 교사, 치료사라면 더욱더 그래야 하지 않을까. 눈이 마주치거나, 이야기를 나누거나, 위로를 하고자 포옹했을 때 겉으로만이 아닌 마음으로 따뜻함을 전할 수 있는 내가 되고 싶다.

레이

때로는 따로 시간과 비용을 들여
나를 다독이고 과거와 화해하는
작업을 해보아도 좋다.

가끔 영화에 빗대어 심리극 내용을 설명해줄 때가 있다. 성장 초기에 겪게 된 트라우마 경험이 어떻게 '중독'으로 이어지는지를 설명할 때는 제이미 폭스가 레이 찰스(Ray Charles)의 삶을 연기한 영화 〈레이〉(2004년)를 소개해준다.

레이가 여섯 살 때 함께 놀던 동생이 빨래통에 머리부터 빠지게 된다. 동생은 허우적대다가 익사하는데, 레이는 그 모습을 보면서 얼어붙어버렸다. 나중에 물에 빠져 숨진 아이를 발견한 엄마가 통곡하며 레이에게 왜 보고만 있었냐고, 왜 자신을 부르지 않

앉느냐고 소리친다. 이 모든 장면은 레이에게 큰 트라우마로 자리
잡는다.

　레이는 눈이 멀었지만 뮤지션으로서 큰 성공을 쌓아나갔다. 하
지만 동생이 빨래통에 빠져 허우적대는 모습이 자꾸 떠올라 심리
적으로 늘 불안정하다. 동생의 익사 장면이 환각으로까지 발전되
자 이를 잊고자 약물(헤로인)의 도움을 받는다. 약물은 기억을 사
라지게 만들 순 없지만 잠시 기억과 거리를 두게 만들어준다. 레
이는 습관적으로 약물을 사용하게 되고, 힘들거나 괴로운 일이 생
길 때마다 의지하는 도구로 사용하게 된다. 자신이 약물을 하는
것에 대해 죄책감을 느끼지만, 그로 인해 생긴 불편한 마음을 줄
이기 위해 다시 약물을 사용하는 악순환에 빠지게 된다.

　레이는 밴드의 코러스 가수이자 내연관계에 있던 마지에게도
약물을 사용하는 방법을 가르쳐준다. 마지 역시 약물에 빠지게 되
고, 약물 과용으로 갑자기 사망한다. 그 소식을 접한 레이는 죄책
감과 책임감, 그리고 가정에서의 불협화음 등으로 괴로워하게 되
고, 드디어 치료 프로그램 참여를 결정한다.

　영화 후반부에서 그가 받은 심리치료를 확인할 수 있다. 심리
극에선 과거 사건을 다시 직면하게 하고, 생각을 바꾸고, 감정을
다독이고, 행동에 변화를 준다. 영화에서도 마찬가지다. 레이는

치료 과정 속에서 죽은 동생을 만난다. 동생은 레이에게 "형 잘못이 아니야."라고 말해주고 레이는 평생의 죄책감에서 벗어나게 된다.

지금껏 심리극을 진행하면서, 트라우마 경험이 보통 사람에게 작동되는 것을 많이 보았다. 권위적인 부모나 직장 상사에게 받은 상처 때문에 연인에게, 또 친구나 지인에게 마음의 문을 열지 못하는 경우가 많았다. 과거의 트라우마 경험은 현재와 연결되어 있다. 레이처럼 때론 시간과 비용을 들여 나를 다독이고 과거와 화해하는 작업을 해보아도 좋다. 특히, 교사나 부모라면 자신의 트라우마 경험이 아이들에게 영향을 끼칠 수 있음을 기억해야 한다. 그 트라우마가 내게 만들어준 상처를 넘어 그 일을 이겨낸 힘과 그 상처에서 파생되어 나온 내 장점들까지 바라봐야 한다. 레이처럼 화해하는 순간을 만나길 바라며.

상대방의
눈으로

나로 시작된 작은 변화가

더 큰 변화로 이어지는 것을 보며,

나는 인간의 삶에 감동한다.

나와 함께하는 '성장교실' 선생님에게서 전화가 왔다. 자신이 맡은 2학년 학생이 다른 학생에게 심부름을 시키고, 남을 때리게 시키고, 또 아무 때나 '오라'고 하면서 '오지 않으면 친구가 아니'라며 협박을 한다고 했다. 그 일을 당한 학생은 참다못해 부모에게 이야기했고 화가 난 부모가 자신에게 전화를 걸었다면서, 성장교실에서 배웠던 심리극을 학생에게 활용해보고 싶다고 했다.

나는 다른 학생들의 시선이 심리극 몰입을 방해할 수 있으니 모두가 지켜보고 있는 곳에서 진행하기보다 상담 공간을 이용하

193

거나 교과 전담 시간, 방과 후처럼 학생과 선생님이 몰입할 수 있는 장소와 시간을 구하라고 조언했다. 방법론적인 측면에서는 다음과 같이 말해주었다.

"심리극의 역할 바꾸기 기법이 효과적일 듯해요. 의자 하나를 두고 '그 의자에 앉으면 심부름을 당한 친구가 되어보기'로 약속을 한 뒤, 같은 반 친구를 괴롭혔던 아이를 의자에 앉히고 두 손에 천을 쥐어주세요. 그리고 선생님은 맞은편 의자에 앉아 괴롭히는 학생이 되어보는 거예요. 아이가 잡고 있는 천의 한쪽 끝을 조금씩 세게 잡아당기면서 '너, 내가 시키는 것 안 하면 친구 안 할 거야!', '너, 빨랑 가서 저 형 때리고 와. 그거 안 하면 친구 아니야!'와 같은 말을 조금씩 더 크게 말하는 거예요. 아이의 감정이 점점 올라오면, 심부름을 해야 하는 친구 역할을 잠깐 해봤는데 어떤 생각이 들었는지, 무엇을 알게 됐는지 물어보세요."

이튿날, 선생님은 학생들이 등교하자마자 그 아이를 불러 심리극을 진행하고 이야기를 나눴다. 아이는 천이 당겨지는 경험을 하자마자 눈물이 핑 돌아서, "괴롭힘을 당하니까 힘들어요."라고 했고, "널 괴롭히는 친구가 어떻게 하면 좋겠니?"라는 질문에 "친구가 저에게 사과를 해주면 좋겠어요."라고 답했다. 아이는 친구의 마음도 이해할 수 있게 되었다. 사과하는 방법도 스스로 연습해본 뒤, 친구와 만나 사과하고 다시 좋은 친구 사이가 됐다. 괴롭힘을 당했던 아이의 부모도 그와 같은 상황에 만족을 표했다.

'그(그녀)가 이런 마음이었겠구나.' 하고 깨닫는 것만으로도 문제가 저절로 해결되거나 또는 해결책을 찾는 경우가 많다. 역할 바꾸기 심리극 같은 것을 하지 않아도 관계문제가 해결될 수 있도록 학교든, 회사든 일이 시스템화되어 있는 것이 가장 좋겠지만, 그럼에도 사람인지라 때로는 역할 바꾸기를 통해 상대방 또는 완전히 타인의 눈으로 나를 바라볼 필요가 있다.

나는 학생의 눈으로 교사인 나를 바라보거나 자녀의 눈으로 부모인 나를 바라보는 심리 프로그램을 자주 이용한다. 그리고 나와 같이 역할 바꾸기 심리극을 경험하고 통찰을 얻은 교사나 학부모가 아이들에게 그 기법을 활용하는 것을 보면서, 나로 시작된 작은 변화가 더 큰 변화로 이어지는 감동을 경험한다. 그 덕에 나도 더 많은 것을 알게 되고, 삶에서 나 아닌 사람들을 더 생각하고 이해하면서 살고 있다.

행복의
지도

나를 위한
선물

'나를 위한 선물'을 원격연수 〈마음 흔들기〉의 과제로 내주었다. 남을 사랑하기에 앞서 나를 사랑할 때 비로소 치유가 시작되기 때문에 연수 중에 "나는 선물 받을 충분한 자격이 있어."라고 자기 자신에게 이야기해준 뒤, 평소 나에게 주지 못한 선물을 하여 마음이 조금 더 따뜻해지길 바라는 마음이었다. 그리고 나를 위한 선물은 삶에 작은 변화를 만나도록 하는 장치이기도 하다.

언뜻 쉬워 보이지만, 대부분의 사람들이 과제를 확인하고는 난감해했다. 지금껏 가족이나 남을 위해 살았기에 자신에게 선물하는 것을 굉장히 어색하게 생각했다. 고민을 계속 하다 자동차, 모발이식 수술 등 오래도록 마음만 갖고 있었던 것을 선물하기도 했다. 하지만 보통은 한 권의 책이나 맛있는 음식, 여행, 친구와의 만남을 선물했다.

'나를 위한 선물' 과제를 확인하다 보면, 아이를 키우는 이들의 이야기에 마음이 더 갈 때가 있다. 아내와 아이들이 떠올라 그런 것 같다. 원격연수 초반에 과제를 통해 더 깊이 알게 된 선생님의 이야기가 떠오른다.

그 선생님은 육아휴직 중에 연수를 신청했다. 종일 어린 자녀를 돌보느라 녹초 상태였지만, 아이의 낮잠 시간과 잠깐씩 생기는 짬을 이용해 연수를 받았다.

그녀는 며칠을 고민하다가 자신에게 '2시간'이란 선물을 줬다. 외향적이면서 관계 중심적인 성격의 그녀는 육아휴직 중 집 안에서 많은 시간을 보내다 보니, 사람들과의 관계에서 단절되고 가슴속에 답답함이 커져만 갔다. 때때로 그런 자신의 처지에 화가 나기도 했다. 남편은 회사에서 늦은 시간까지 일하느라 평일엔 늦게 들어오고 주말에는 피곤함을 토로하며 늘어져 있어서, 속마음을 표현하기 어려웠다.

연수 과제를 계기로 자신을 위한 '2시간'의 선물이 필요하다고 남편에게 말하고, 도움을 청했다. 남편은 고개를 끄덕이며 그녀를 이해해주었다.

그녀는 가까운 카페로 갔고, 사람들이 잘 보이는 창가에 앉아 카페라떼를 마시며 사람 구경도 하고, 거리 구경도 하고, 잡지도 읽으며 평범하게 2시간을 보냈다. 그러다 문득 갑자기 눈물이 나면서 '내가 정말 이런 시간이 필요했었구나.' 하는 생각을 했다.

집으로 돌아갔더니, 그사이 잠에서 깬 아이를 돌보다 녹다운이 된 남편이 문을 열었다. 남편은 정말 힘들었다면서 그동안 그녀가 아이를 돌본 것에 무척 고마움이 생겼다고 했다. 그녀도 덕분에 힘이 났다면서, 남편에게 고마움을 전했다.

이후로도 그녀는 주말에 몇 시간씩 자신을 위한 선물을 사용할 수 있게 됐다.

'나를 위한 선물'로 사람들이 스스로 삶의 변화를 만들어나가는 모습은, 지켜보는 것만으로도 큰 행복이다. 이 글을 읽는 분들도 지금 바로 '나를 위한 선물' 하나를 생각해보고 실천했으면 좋겠다.

제가
이상한가요?

하루는 선생님이 한 분이 LCSI 성격유형검사를 의뢰했다. 주변 사람들이 자신에게 성격이 이상하다면서 여러 조언을 한다고 했다. 그가 생각하기에 정작 자신은 잘 살고 있는 것 같은데, 그런 말을 들을 때면 혼란스럽기도 하고 성격검사는 물론 심리검사까지 다 해보고 싶다고 했다.

나는 온라인으로 LCSI 성격검사를 할 수 있도록 안내했고, 결과검사지를 토대로 이야기를 나눴다.

그는 자신이 생각한 것처럼 잘 살고 있었다. 정서적 안정성도 높고 심리적 척도도 별 이상이 없었다. 성격분석 검사지에 따르면 그는 마음이 섬세하고 남을 있는 그대로 수용하며 갈등을 싫어해서, 자신의 의사를 주장하기보다는 양보하며 사는 유형이었다. 문제나 갈등 상황에서 직접적으로 대화하는 것을 피하고 안정과 평화와 여유를 추구했고 실제로도 그랬다. 긴장과 스트레스 상황에서 성격의 안정성을 유지할 수 있는 능력이 높았고, 자기 자신에 대한 만족감도 높았다. 다만, 속마음을 잘 드러내지 않아서 주변 사람들이 답답해할 수 있겠단 생각이 들었다.

이런 유형은, 그래서 실제보다 그 성격이나 자질이 낮게 평가되곤 한다. 자신과 다르다는 이유로, 자신감이 부족하고 감정 표현이 서툴다고 생각해서 성격을 고쳐보라고 조언하는 사람이 생기는 것이다. 하지만 실제로 검사를 해보면 사람들의 다양성을 인정하지 못하고 바꾸려 드는 그 사람이 건강하지 않은 경우가 많다.

나는 그에게 성격 면에서 지극히 건강한 상태라고 말해주었다. 그는 다행이라며 안심하고 돌아갔다.

일 년 뒤, 그가 검사를 또다시 요청했다. 그동안 자신이 어떻게 살았는지 살펴보고 싶다면서 컴퓨터 앞에 앉아 검사를 뚝딱 해치

웠다. 결과검사지를 출력해서 함께 살펴봤다. 두 번째 검사 결과는 지난해 결과보다 훨씬 좋았다. 안정성은 물론 자아개념도 높게 상승했다. 그는 지난 검사 이후, 나와 나눴던 대화를 기억하며 사람들이 자신에게 성격에 대해 조언을 할 때 흔들림 없이 스스로에 대한 믿음을 유지했고, 자신을 있는 그대로 사랑했다고 말했다.

그렇다. 내가 나를 사랑하는 일이, 나를 더 나답게 만든다.

아내의
쿠키

"선생님 만난 것도 좋고,
선생님 이야기도 좋지만,
이 쿠키를 다시 먹을 수 있어서
너무 기뻐요."

공기가 슬며시 차가워지던 어느 가을 오후, 교실 앞문이 스르륵 열리며 "선생님!" 하고 이제는 중학생이 된 제자가 웃는 얼굴로 인사했다.

한때는 툭하면 또래 학생들과 다투고 속상한 마음에 울음을 터뜨린 제자를 붙들고 이야기를 나누었고, 서클렌즈를 착용하고 틴트를 바르는 등의 일로 대화를 나누기도 했다. 그런 사연 많은 제자였다.

"이 시간에 무슨 일이니?"라는 질문에 제자는 징계를 받아서 학교에 가지 않아도 된다며, 내가 보고 싶어서 왔다고 했다.

소소한 이야기를 나누다가, 제자가 학교생활 하면서 힘들었던 일들에 대한 이야기를 듣게 됐다. 이혼한 부모님 사이에서 속상했던 일, 친구들 사이에서 배신을 경험했던 일, 학교에서 있었던 이런저런 일로 전학을 가야 했던 일에 대한 이야기였다. 그러다 나와 함께 생활했던 6학년 때로 이야기가 흘러가자, 나는 교실에 있는 장에서 그해의 사진을 보관해둔 상자를 꺼냈다.

사진을 보면서 이야기를 나누다 보니, 제자의 얼굴에 미소가 가득했다. 갑자기 제자가 "그때가 좋았는데, 왜 그렇게 선생님 마음을 속상하게 했는지 모르겠어요."라며 죄송하다는 말을 했다.

나는 제자에게 힘을 주고 싶었다.

"너는 정말 사랑이 많은 아이야. 다른 친구들에게 네 많은 사랑을 나눠주는 것을 알고 있단다. 돌아오는 것은 너무 조금이라 속상하고, 그래서 더 많이 돌려받고 싶어하는 마음을 표현한다는 게 자꾸 일이 꼬일 때가 있다는 것도 알고 있단다. 오늘 보니, 6학년 때의 너보다 지금의 네가 훨씬 안정적이고 멋지구나. 힘든 일을 만날 때도 있지만, 이렇게 더 나은 네가 되고 조금씩 변해가고 있다는 것을 기억하렴. 남에게 뭔가를 받기 위한 사랑은 그만 주고, 너에게 사랑을 보내렴."

제자는 쑥스러운 미소를 지으며, "그죠? 저 괜찮은 사람이죠?"라고 말했다.

마침 엄마에게 전화가 와서, 부모님이 걱정하니 집으로 어서 돌아가라고 했다. 자리에서 일어서기 전, 제자가 6학년 때 가끔 선생님이 줬던 '아내의 쿠키'가 짱 맛있었다는 말을 했다. 그 쿠키를 먹을 때마다 행복감을 느꼈다고 했다. 마침 서랍 안에 아내의 쿠키가 하나 있어서 "짜잔!" 하고 들어 보여줬다. 제자는 폴짝 뛰면서 환호하더니, 쿠키를 받고 얼굴 가득 미소를 지었다. "선생님 만난 것도 좋고, 선생님 이야기도 좋지만, 이 쿠키를 다시 먹을 수 있어서 너무 기뻐요."라고 했다.

제자를 배웅하고 교실로 돌아오는 길, 발걸음이 가벼웠다.

쿠키 하나를 서랍 속에 넣어두어서, 다행이었다.

몸살감기

"너희들 목소리 때문에 힘든 게 아니라,

몸살감기 때문에 힘든 거란다.

아빠를 살펴봐줘서 고마워."

주말 아침, 감기에 걸렸는지 몸살기가 느껴졌다. 등, 다리 관절, 꼬리뼈 쪽에 통증이 느껴지면서 몸에 힘이 들어가지 않았다. 심지어 조금 떨리기까지 했다. '충분히 쉬고 나면 괜찮아지겠지.' 하는 생각에 이불 속에 들어가 잠을 청해봤지만, 몸이 더 아프고 뜨거워졌다. 체온계를 가져와 재어보니 39도가 넘었다.

그날 오후, 체험학습 활동을 다녀온 아이들이 집에 오자마자 체험학습 이야기를 했는데, 몸이 아파서 그런지 아이들의 목소리가 민감하게 다가왔다. 평소와 달리 아이들의 목소리가 크게 느껴졌다. 짜증이 올라왔다. 내 얼굴 표정이 바뀌니, 신나서 이야기를 하던 아이들이 눈치를 보기 시작했다.

재빨리 아이들에게 이야기해야 했다.

"너희들 목소리 때문에 힘든 게 아니라, 몸살감기 때문에 힘든 거란다. 말을 줄이고 아빠를 살펴봐줘서 고마워."

그랬더니 아이들은 "아빠, 힘내!"라고 하면서 이마에 손을 올려보고 물도 가져다주었다.

고맙게도 그렇게 얼마의 시간이 지나고, 아내가 집에 돌아오면서 약을 사다 줬다. 약 덕분에 열도 좀 떨어지고 통증도 줄어들었다. 저녁때쯤에는 평소처럼 아이들에게 책을 읽어주고 체험학습 이야기도 들어주면서, 미소 짓는 아빠로 돌아갈 수 있었다.

질병이 내게 고통을 만드니, 그로 인한 짜증이 가족들에게 전달되는 것을 경험했다. 내 몸을 건강하게 만들고 유지하는 것도 가족의 행복을 위해 정말 중요하겠단 생각이 들었다. 부모가 아프고 신경질적이 되면, 내 아이들이 눈치 보는 사람으로 자랄 수도 있겠단 우려도 생겼다. 내 몸 건강은 정말 중요하다. 더불어 아프면 약을 먹거나 빨리 병원에 가는 것이 현명하겠단 생각이 들었다. 내 고통이 줄어들면 주변이 평온해지니까.

마음의 고통도 이와 비슷하겠단 생각이 들었다. 내가 고통을 겪고 있는 중이라면 그것이 어떤 식으로든 내 몸 밖으로 나와 주변에 영향을 주는 것은 당연하다. 상담센터나 의사와의 작업을 통해 고통을 낮추는 것은 나와 가족, 그리고 나를 둘러싼 모든 사람을 위한 일이다.

딸기잼과
토스트

아이들이 웃으며 빵을 먹고
있는 모습을 보고 있노라면,
그냥 좋다.

80년대, 그러니까 내가 초등학교를 다니던 때, 광주에서 유일하게 우리 학교에서만 급식이 실시됐다. 당연히 우리들에겐 매일 나오는 반찬과 국, 후식이 무엇이냐가 최고의 관심사였다. 2교시 수업이 끝나면 급식실 앞으로 달려가 작은 칠판에 적힌 식단표를 확인하고 친구들과 환호하면서 교실로 뛰어왔던 기억이 지금도 생생하다.

점심 급식으로 딸기잼을 바른 토스트, 쥐포 튀김, 옥수수 수프가 나온 날이면 이루 말할 수 없이 행복했다. 학교에서 나온 빵이

213

너무나 맛있어서 어떻게 하면 토스트 한 조각을 더 먹을 수 있을지 궁리했던 기억도 난다. 그리고 아주 오랜 후에 교생 실습, 기간제 교사로 모교에서 근무했을 때도 점심때면 딸기잼을 바른 토스트와 옥수수 수프가 나오길 기대하곤 했다.

그런 기억들 때문일까. 지금도 가끔 토스터로 식빵을 굽고 딸기잼을 발라 반 아이들에게 나눠준다. 아침 일찍 등교한 아이들이 내게 인사한 뒤, 칠판에 순서대로 이름을 적고 자리에 앉아 책을 읽고 있으면, 나는 딸기잼을 가득 바른 토스트를 배달해준다.

아이들이 웃으며 빵을 먹고 있는 모습을 보고 있노라면, 그냥 좋다. 예쁜 아이들의 모습 위로, 학교 급식으로 나왔던 딸기잼 토스트를 먹으며 기뻐하던 어렸을 적 내 모습이 오버랩된다.

아빠, 너희에게
즐거움을 나눠줄 거야

가족을 위하는 방식은
사람마다 다 다르다.

여러 연수를 찾아다니며 공부하고 늦은 시간까지 사람들하고 있는 것을 좋아하는 선생님이 있는데, 어느 날 가족들이 자신에게 자꾸 서운해한다며 심리극을 요청했다.

나는 때로 심리극을 진행하기 전 '가족 내 역동'을 알아보기 위해 가족 조각 기법을 사용한다. 이름이 거창하여 대단할까 싶지만, 이를 시행하는 방법은 아주 간단하다. 심리극에 참여한 사람들의 도움을 받아 주인공을 중심으로 가족 구성원을 마음의 거리와 바라보는 방향에 따라 각각의 위치에 세우는 것이다. 그런 다음 심리극 주인공과 가족 구성원 간 거리와 방향을 잘 관찰해보면, 가족 내 의사 결정 구조나 분위기를 일부 알 수 있다. 또 주인공이 평소 생각하는 가족에 대한 이미지도 파악할 수 있다.

심리극 참여자들의 도움을 받아 그 선생님의 가족 조각을 만들어봤다. 그의 아내는 세 걸음 정도 떨어진 곳에서 등을 돌려 큰아들을 바라보고 있었다. 딸은 아빠와 엄마 사이에 서 있었고, 막내아들은 아빠를 바라보았다. 그리고 그는 가족이 아닌, 가족 밖을 바라보고 있었다.

그 모습을 좀 떨어진 곳에서 바라보면서 주인공에게 질문을 던졌다.

"그 자리에서 보면 가족들이 어떻게 보이세요?"

"막내는 외로워 보입니다. 그리고 딸은, 딸 역할을 하기가 어렵겠네요."

그는 계속해서 가족에 대해 이야기했다. 그리고 자신을 둘러싼 사람들을 보는 것만으로 많은 생각을 하게 된다고 말했다.

사실, 그에게는 강렬한 끌림이 있었기에 가족 너머로 눈길을 줄 수밖에 없었다.

나는 물었다.

"누구에게 인정받고 사랑받고 싶었기에 지금도 이렇게 노력하나요?"

그러자 그는 훌쩍이면서, 어린 시절의 이야기를 꺼냈다. 어렸을 때 그의 아버지는 술과 사람을 좋아해서 항상 집에 없었다. 그는 그런 아버지가 미우면서도 더 사랑받고 싶었다. 어른이 되어서는 무능력한 사람, 무능력한 아빠가 되고 싶지 않아서 열심히 공부하고 노력했는데, 그런 삶이 자신의 아내와 아이들에게 또 다른 공허함을 만들어주게 된 것을 이제야 깨달은 것이다. 그는 이제부터라도 자신의 생활과 일 패턴을 바꿔야겠다고 했다.

그를 위해 심리극을 조금 더 진행했다. 이제 그는 자녀가 서 있던 자리로 가서 아빠, 즉 자신을 바라보았다. 나는 그에게 어떤 감정이 드는지 말해보라고 했다. 그는 자신의 아버지와 다른 사람이 되고 싶었는데, 지금 보니 아버지와 비슷한 모습이 보여서 놀랐다고 이야기했다. 자신의 아이들을 위해 무엇을 해야 할지 알겠다고 말했고, 그렇게 심리극은 마무리됐다.

그로부터 시간이 한참 지난 어느 날, 그 선생님으로부터 연락을 받았다. 심리극 이후로 혼자서 무언가를 배우러 가는 시간을 줄이고 가족 여행을 늘렸는데, 마침 내가 사는 곳 근처에 왔다며 함께 밥을 먹자고 했다. 반가운 소식에 흔쾌히 밥을 먹으러 나갔다.

그 자리에서 가족 모두에게 조금 더 큰 행복을 만들어줘서 고마웠다는 인사를 받고 참 쑥스러웠다. 나도 심리극 덕분에 다시 한 번 내 가족을 돌아보고 내 위치를 돌아보기 때문에 고맙다는 말을 돌려주고 왔다. 함께 성장~.

허리 통증이
준 선물

나는 내가 맡은 일을
조금 덜어내고,
'내가 행복한 일'을
해야겠다고 마음먹었다.

30대 중반, 허리에서 찡~ 하는 느낌이 오더니 갑자기 엄청난 통증이 느껴졌다. 화장실을 갈 수도 없고, 기침이나 재채기를 할 때면 통증이 온몸을 휘감았다. 복대를 두르고 병원으로 향했다. MRI 촬영 결과를 보니, 허리가 크게 꺾여 있었으며 디스크가 신경의 일부를 누르고 있었다. 의사 선생님은 나에게 침대 위에 엎드리라고 하더니 커다란 주사기를 꼬리뼈 쪽에 푹 찔러 넣었다. 그리고 3주 동안 병원에 입원했다.

무거운 짐을 든 것도 아니었는데 순간적으로 띵하는 느낌과 함께 고장이 나버린 내 허리가 이해되지 않았다. 나중에 의사로부터 스트레스로 어깨와 목이 경직되고 비틀렸다가 결국 허리까지 아프게 됐다는 설명을 듣고서야, 허리 통증은 원인이 아니라 결과였다는 것을 알게 됐다. 병원에 있는 동안, 그간 내가 겪은 여러 일과 스트레스 상황을 돌아봤다.

병원 치료를 받고 몸은 어느 정도 회복되었다. 사실, 허리 때문에 병원에 입원한 것은 이번이 두 번째였다. 내가 내 삶의 패턴을 바꾸지 않으면 아마도 또 입원하게 될 거란 생각이 들었다. 나는 학교에서 내가 맡았던 업무를 조금 덜어내고, 스트레스가 과도하게 쌓이지 않도록 '내가 행복한 일'을 해야겠다고 마음먹었다. 그 중 하나로 살은 있되 근육이 부족했던 내 몸을 바꾸고자 재활치료와 PT를 함께 하는 피트니스 센터에 등록했다.

내 담당 선생님은 보디빌더 대회에서 여러 번 수상한 경력이 있는, 자기관리가 아주 철저한 분이었다. 선생님은 내게 저녁 모임을 줄이고 늦게 자는 습관을 바꾸라고 조언했고, 운동이 어떻게 몸에 자리한 긴장과 스트레스를 줄이는지 알려줬다. 이후 몇 달간 운동과 함께 식단관리를 지속적으로 해나갔다. 특히 복부 지방을 줄이기 위한 강도 높은 운동을 했다.

그 과정은 정말 힘들었다. 다행히 시간이 지나면서 내 몸은 차

차 적응을 했고 삶의 방식에도 변화가 생겼다. 식탁엔 채소가 많아졌고 염기성 식품과 즉석식품이 사라졌다. 늦은 밤 모임과 술과 야식도 사라졌다. 내 몸은 깎이고 개조되어 날렵해지고 근육이 자리하면서 힘이 붙었다. 스트레스도 덜 받게 됐고, 업무 중에 쌓인 감정을 운동으로 풀어내는 방법도 찾게 됐다.

이 경험으로, 건강한 몸을 만들어야겠다는 생각을 하게 됐다. 여전히 일상 속에서 다양한 사건, 사고를 경험하고 복잡한 관계와 과다한 업무로 힘들어하지만, 예전처럼 크게 힘들지는 않다. 스트레스가 쌓여 허리까지 고통받는 일도 사라졌다.

나는 몇 년째 꾸준히 식단관리를 해오고 있다. 피트니스 센터에 가서 운동하고, 운동법을 배우기 위해 일주일에 한 번씩 선생님을 만난다. 몸과 연결된 감정에 대한 공부도 더 심도 있게 하고 있다. 어쩌면 이 모든 변화는 갑작스럽게 나를 찾아온 허리 통증 덕분이 아닐까. 이렇게 생각하니, 고맙다. 허리 통증 땡큐~

감사의
마음

내게 생긴 어려움을 바꿔
내 성장으로 연결하고,
내 가정과 다른 가정에도 도움이 되는,
이 모든 것에 감사하다.

간절히 하고 싶었던 연극치료 공부를 위해 일주일에 두세 번 왕복 4시간 거리를 운전해서 대학원을 다녔다. 처음엔 음악을 들으며 그 먼 길을 오갔지만, 나중에는 차에서 보내는 시간이 조금 아깝게 느껴졌다. 그 시간을 효율적으로 사용하고 싶었다.

그래서 평소 보지 못한 다큐멘터리 방송을 듣거나 대학원 전공과 연관된 강좌를 차에서 듣기로 마음먹었다. 동영상 강좌를 구입해서 인코딩 프로그램을 이용해 MP3 파일로 변환했다. 이것을

USB에 담아 자동차 오디오에 연결했고 대학원을 오가며 귀로 들었다. 시험 기간에는 공부했던 내용을 스마트폰 앱을 이용해 내 목소리로 녹음한 뒤, 차에서 들었다. 그러다 보니 먼 거리를 운전할 땐, 귀로 공부하는 습관이 자연스럽게 생겼다.

이 경험은 가정으로도 연결됐다. 마침 시골에 살고 있을 때라 아이들의 학교와 유치원이 꽤 멀어서 자동차 안에서 오랜 시간을 보내야 했기에 두 아이를 위해 다양한 들을 거리를 준비했다. 처음엔 우화나 동화를 스마트폰으로 녹음해 차에서 들려주었다. 이야기 CD도 큰 도움이 되었다. 나중엔 TV 방송 패키지를 구입해 MP3 파일로 변환해 차에서 틀어주었다. 두 아이는 뒷자리 카시트에 차분히 앉아 오디오를 들었다. 오디오에서 흘러나오는 이야기와 관련해 나와 의견을 주고받기도 했다. 그렇게 아이들과 나의 삶에 작은 변화가 생겼다.

두 아이 모두 초등학생이 된 뒤에는 책에 몰입하는 모습을 보였는데, 차에서 여러 이야기를 귀로 들었던 것이 자연스럽게 책 읽기로 연결된 듯하다. 담임 선생님도 아이들이 경청하는 모습이 너무나 좋다는 이야기를 들려줬다. 그래서 나는 요즘도 책을 골라 아이들이 잠자리에 들면 침대맡에서 읽어주고 있다.

이 경험을 학부모들과 아이를 키우는 지인들에게 들려주곤 한다. 몇몇 가정에서 오디오와 책을 가지고 대화하는 일상의 변화가 생겼다는 이야기를 전해 들을 때마다 즐거움을 느낀다. 내게 생긴 어려움을 내 성장으로 연결하고, 내 가정과 다른 가정에도 도움이 되는, 이 모든 것에 감사하다.

내 귀에게
준 선물

때론 적절한 도구로
불편한 자극을 줄여보자.

초임 시절 학교에서 오케스트라 지휘자로 활동한 적이 있다. 예민한 귀를 바탕으로 멋진 음악을 만들어냈고 종합예술제에서 1위를 했다. 가요에서부터 클래식까지 함께 음악을 만들었던 모든 과정이 내게 특별한 추억으로 남아 있다.

그러나 현재 이 예민한 귀는 아이들이 교실에서 떠들거나 학교 복도에서 누군가 소리 지르며 뛰어가면, 견딜 수 없을 정도로 힘든 소음을 받아들이는 센서가 되어 나를 고통스럽게 하고 있다.

학생들은 바로 앞에 친구가 있어도 소리를 지르며 대화하는 습관이 있는 데다 본능에 충실해서, 사소한 일에도 소리를 지르는 감정 표현을 사용한다. 학교 교실 천장은 약간의 홈이 있는 저렴한 흡음재로 마감되어 있고, 교실 바닥은 뭔가 떨어지면 빡 소리가 나는 강화마루이며, 매끈한 벽과 기타 구조물들은 학생들이 만드는 소리를 흡수하지 못하고 튕겨내어 학생들이 더 소리 지를 수밖에 없는 촉매 역할을 하고 있다. 소리가 반사되어 학생들 목소리를 키우는 완벽한 구조다. 오차는 있겠지만, 스마트폰 소음 측정 앱으로 확인해보니 100~110데시벨을 가리킨다. 한마디로, 학교는 흡음이 전혀 고려되지 않은 건축물이다.

학교에서 매일 쉬는 시간, 급식 시간에 소음 관리를 하다 보면 힘이 쏙 빠지곤 한다. 퇴근해 집에 돌아가 소파에 앉으면 학생들이 만든 소음이 계속 나를 에워싸고 빙빙 돌 때도 있다. 그래서 매해 학년 초에는 소음 관리와 교실 내 시스템 정착에 많은 에너지를 쏟는다. 학교 구조를 바꿀 수 없으니 매년 반복하는 일이다.

때로 소음을 참고 있다 보면 인내심 한계가 느껴져 소리를 버럭 지르고 싶을 정도의 충동이 올라온다. 흡음이 고려되지 않는 학교 건물은 그대로인 채 화를 내봤자 아이들만 상처받을 뿐이니, 나는 더 현명한 방법을 찾아야 했다.

생활지도에 공을 들여 작게 이야기해도 괜찮다는 것을 알려주고, 훈련하고, 소란스러운 학생은 개별적으로 대화도 나눠봤지만 쉽게 변화되지 않았다. 아이들의 문제가 아니라 구조의 문제니까. 몇 달 내내 지속적인 관리를 해야만 소음으로 피해 주는 습관을 고칠 수 있었다. 하지만 조금만 마음을 놓고 관리하지 않으면 학년 초의 원시적인 모습으로 돌아갔다.

그래서 소음 때문에 힘든 나에게 작은 선물을 줬다. 귀. 마. 개. 그리고 노이즈 캔슬링 이어폰. 가끔 정말 힘들 땐 이 두 가지를 활용한다. 덕분에 마음이 편안해졌고, 아이들을 더 이해하고 따뜻한 눈으로 볼 수 있게 됐다. 휴우.

세끼를
챙기자

나를 위해
영양 가득한 세끼를 챙기자.

'성장교실'은 일 년 동안 한 달에 한 번씩 스무 명 남짓한 교사와 함께 삶 속에서 알게 된 여러 통찰을 나누는 공동체이다. 그리고 여기에 참여한 선생님들의 고민을 나누고 해결해주면서 평온한 삶을 살도록 돕는 집단상담 성격의 모임이다.

이곳에서 몸과 연결된 감정에 대한 공부를 할 때, 한 선생님이 자신은 식사를 잘 챙겨 먹지 않을 뿐 아니라 몸에 좋지 않은 음식을 자주 먹는 등 내 몸을 사랑하지 않아 걱정이라고 했다. 끼니 거르기, 과자와 커피 또는 인스턴트 음식으로 식사 때우기, 늦은 시간에 짜고 매운 음식 먹기 등을 일상으로 하고 있었다.

나는 그 선생님을 가운데에 세우고 네 명의 참여자들을 둘러 세웠다. 네 명의 참여자들에게는 각기 다른 색깔의 천을 주고, 그것을 가운데에 선 선생님과 연결하게 했다. 그리고 참여자들 각자에게 '밥 굶기', '과자와 커피로 식사 때우기', '인스턴트 음식'과 '짜고 매운 음식'이란 명칭을 줬다. 그런 다음 가운데에 선 선생님과 연결된 천을 잡아당기며 "내가 널 힘들게 할 거야."와 "넌 우릴 떼어내지 못해!" 등의 대사를 하게 했다.

그러자 그 선생님은 천에 쪼여 힘들어하는 모습을 보였다. 나는 그녀가 서 있던 자리에 대역을 세우고, 연극에서 빠져나와 관객의 입장에서 음식에게 고통받는 자신의 모습을 바라보도록 했다. 그 모습이 충격적이었는지 그녀는 연결된 천을 하나라도 떼어내고 싶다고 했다.

한 토막의 심리극을 끝내고, 이어서 의자를 하나 놓고 거기에 그녀를 앉힌 다음 '미래에 태어날 아이' 역할을 하도록 했다.

"넌 엄마 몸속에서 어떤 음식을 먹니?"

"엄마가 먹는 것이라면 그냥 무엇이든지 먹게 돼요."

"먹는 음식이 곧 몸을 만들지. 네가 언젠가 엄마를 만나러 갈 그곳은 어떤 음식들로 만들어졌니?"

"음, 정크푸드요. 그리고 때론 아무것도 먹지 않아요."

"그렇구나. 엄마가 어떤 음식들을 먹으면, 넌 기쁘겠니?"

"신선한 음식들이요. 그리고 잘 드시면 좋겠어요."

"그렇구나. 그 이야기를 엄마에게 해주렴."

"언제 만날지 모르는 엄마, 저는 엄마가 좋은 음식 잘 드시고 건강해지면 좋겠어요. 제가 찾아갔을 때, 밝게 웃을 수 있게요."

심리극이 끝나고, 나는 그녀에게 지금 마음이 어떠냐고 물어봤다. 그녀는 음식들 속에서 고통스러워하는 자신의 모습과 언젠가 만나게 될 자신의 아이를 보면서, 자신이 먹는 음식을 차차 바꿔나가기로 다짐했다고 했다.

한 달 후, 모임에서 다시 만난 그녀는 식사 시간이 다가올 때마다 심리극 장면이 떠올라 세끼 밥을 다 챙겨 먹고 있으며, 몸이 힘들면 쉬고, 되도록 몸에 좋은 음식으로 가려 먹고 있다고 했다.

우리가 먹는 음식은 곧 우리의 몸이고 삶을 살아가는 에너지의 원동력이다. 나를 위해 영양 가득한 세끼 음식을 잘 챙기자. 그리고 그 힘으로 사람들을 만나자.

멍
때리기

'그 사건이 다르게
진행됐다면 어땠을까?'
그러나 그 생각을 100번 넘게
해도 과거는 바뀌지 않는다.

〈월터의 상상은 현실이 된다〉라는 제목의 영화가 있다. 제임스 써
버의 『월터 미티의 은밀한 생활』이란 단편소설을 원작으로 하고
있다. 번역본 기준으로 16페이지에 불과한 아주 짧은 소설로, 중
년의 월터가 일상에서 답답한 순간이면 공상 속으로 들어가 마치
다른 사람처럼 삶을 살아가는 내용이다.

영화에서 월터는 멍한 모습으로 여러 상상을 한다. 빌딩이 폭
발하는 곳에서 슈퍼맨처럼 개를 구해내거나, 자신을 못마땅하게
생각하는 상사와 도로에서 SF 영화 장면과도 같은 결투를 한다.

물론 현실은, 주변 사람 말을 잘 듣지도 못하는 멍 때리는 모습일 뿐이다.

심리극을 할 때 종종 이와 비슷한 참여자를 만난다. 진행되는 심리극 주제나 이야기가 자신의 삶과 직접적으로 연결되면, 월터처럼 멍한 상태가 되어 생각 속으로 들어가버리는 것이다. 보통은 그렇게 멍한 상태로 과거를 떠올리면서 '그 사건이 다르게 진행됐다면 어땠을까? 그 일만 아니었다면…'과 같은 생각을 하고 과거에 머문다. 그러면 나는 그를 생각 속에서 끌어올려 '현재를 바라보고 깨어 있도록' 한다. 멍한 상태에서 벗어나는 훈련을 하게 한다. 생각을 100번 넘게 한다고 해도 과거의 사건은 변하지 않는다. 현재에 집중해야 한다.

영화 이야기를 조금 더 해보면, 잡지 『LIFE』의 표지로 사용할 숀 오코넬의 스물다섯 번째 사진을 찾기 위한 월터의 여정이 다채롭게 그려진다. 멍 때리며 상상했던 내용이 아닌, 폭풍이 몰아치는 가운데 헬기에서 바다로 뛰어내리고, 롱보드를 타고 산길을 질주해 내려가고, 화산 폭발에서 간신히 빠져나오는 등 스릴 넘치는 모험을 실제로 한다. 그 과정에서 월터의 눈빛이 바뀌는 장면이 인상적이다.

영화 속 월터는 모험 중에 삶의 즐거움을 찾게 되면서 공상으로 멍 때리는 모습에서 벗어난다. 살다 보면 과거의 많은 일을 떠올리면서 이런저런 공상을 할 때가 있다. 하지만 과거의 사건은 달라지지 않는다. 월터가 여러 모험을 통해 즐거움을 느끼고 자신의 삶을 더 낫게 만들어가는 것처럼, 우리의 시선과 생각은 과거가 아닌 현재와 미래를 향해야 한다. 멍한 상태로 현실을 도피하기보다, 우리의 삶을 현재와 미래에 집중하면서 가치 있게 만드는 것이 더 낫다. 지나간 일을 수없이 생각해도 과거는 바뀌지 않는다.

이민

이민을 생각하고 있다면,

건강한 몸과

마음을 먼저 준비하자.

재외동포재단 초대로 세계 각국에서 온 한글학교 선생님을 연수를 통해 만났다. 나는 이 연수에서 교사의 행복에 대해 이야기하고 교사 심리치료 사례를 나눴다. 교사의 건강한 또는 흔들린 감정 상태가 어떻게 학생과 주변 사람들에게 연결되는지 심리극과 역할극으로 표현한 것으로, 왜 교사가 행복해야 하는지에 대한 내용이었다. 밤늦게까지 진행되는 일정이라 그곳에서 숙박도 했는데, 여러 선생님이 도움을 요청했다. "오늘 이야기를 나누면서 수도꼭지가 열린 느낌이었다."라고 하며 각자의 고민을 꺼내놓았다.

한글학교 선생님들은 상담이나 심리치료를 받을 곳이 없거나 관련 프로그램이 없는 지역에서 사는 경우가 많았다. 한인 사회 커뮤니티에서도 여러 불편한 일들이 생기는데, 종교의 테두리 안에서 기도를 하거나 그냥 참으면서 살아가고 있었다. 그렇다 보니 또 다른 상처와 관계문제로 발전해 고민하는 사람들도 있었다.

무엇보다 자녀에 대한 고민이 많았다. 이민 초기에 부모가 자녀의 사회 적응을 돕고 불안감을 다독여줬어야 했는데, 부모 또한 두려움과 불안감에 싸여 있어서 아이들을 제대로 돌보지 못했다. 예상치 못한 일에 맞닥뜨리면 아이들은 어른들에 비해 그 일을 처리하는 방식이 미성숙할 수밖에 없는데, 아이의 문제행동에 "너, 그러면 한국으로 보내버린다!"와 같은 방식으로 대응하여 한국을 소중한 고향 같은 나라가 아닌, 부정적인 곳으로 인식시킨 경우도 많았다. 이는 아이들이 자라면서 한국 역사와 언어를 배우는 것에 거부감을 느끼는 이유가 되기도 했다.

그 후, 나는 재외동포재단 초대로 한국에 온 학생들을 만나면 '아빠가 태어나기 위해서는 아빠의 아빠와 아빠의 엄마가 있어야 하며, 엄마가 태어나기 위해서는 엄마의 아빠와 엄마의 엄마가 있어야 한다'는 이야기부터 한다. '수많은 아빠와 엄마를 통해 생명이 전달되었고, 그들이 살던 곳이 한국이었으며, 현재는 다른 나라에 살고 있지만 네 속에는 한국의 뿌리와 역사가 흐르고 있다'는 이야기를 들려주면 대개 금세 몰입한다. 그리고 한국을 바라보는 눈과 마음이 바뀌는 것을 본다.

우리는 때로 이민을 생각할 때가 있다. 지금—여기에서 도망가려는 마음, 내가 맞닥뜨린 현실을 회피하려는 생각 때문은 아닌지 돌아볼 필요가 있다. 만약 이민을 계획하고 있다면, 한국에서 내게 자리한 여러 문제를 돌아보고 최대한 해결한 후, 건강한 몸과 마음을 먼저 준비하길 바란다. 이곳에서의 힘듦은 이민 사회 속에서도 유사하게 일어난다.

노력

그녀는 앞으로 더 나아지고
좋아질 것이다. 자신의 행복을 위해
더 노력할 테니까.

'소소한 사모임' 초대로 LCSI 성격유형 워크숍을 진행하게 됐다. 워크숍 장소에 도착하니, 선생님 한 분이 반갑게 인사를 했다. 3년 전에 나에게 LCSI 검사를 받고 검사 결과를 페이스북 메신저로 나눴던 분이었다. 그녀는 나와 함께 조금 더 심리 공부를 하고 싶어서 왔다며 미소 지었다.

워크숍이 끝난 뒤, 심리검사 결과가 궁금한 분들을 위해 개별 상담을 진행하기로 했다. 그러자 앞서 인사를 건넸던 선생님이 오셔서 지난 검사와 이번 검사를 비교 분석하고 싶다고 했다. 노트

북으로 예전 검사 데이터를 불러와 나란히 놓고 비교했는데, 깜짝 놀랐다. 자신에 대한 평가와 만족도를 측정한 '자아개념' 수치가 5.3%에서 82.9%로 급상승해 있었기 때문이다.

세부 척도를 확인해보니, 자신의 삶의 방식에 대한 만족도를 측정한 '자기만족' 척도가 2.2%에서 93.5%로 상승했고, 자신의 성격과 대인관계 방식에 대한 수용도를 측정한 '자기긍정' 척도가 18.4%에서 80.0%로 상승했다. 또 전반적인 사회생활에서 자신이 유능하다고 느끼는 정도를 측정한 '자기효능감'이 16.9%에서 46.0%로 상승해 있었다. 많은 사람들을 대상으로 LCSI 검사를 진행하고 분석했지만, 몇 년 사이 이렇게 높은 상승률을 보인 사람은 그녀가 처음이었다. 그래서 그사이에 어떤 일이 있었는지 물어봤다.

그녀는 나와 함께 했던 첫 LCSI 검사 이후에 있었던 일을 들려줬다. 첫 번째 검사를 진행하면서 그동안 맏이로서 동생을 키우듯 돌보는 등 엄마 역할을 일부 떠맡았고, 아빠의 사업 실패로 경제적으로나 정신적으로 힘들었던 시기에도 자신을 희생하며 살았다는 것을 알게 되었다고 했다. 그래서 "평생 남을 위해 살아왔으니 이제 자신을 위해 살아도 괜찮습니다. 충분히 하셨어요."라는 나의 말을 믿고, 자신의 삶의 패턴을 바꿨다고 했다. 가족치료 워크숍과 성격유형 워크숍에도 다녀오는 등 개인적으로 노력을 많이 했다.

나는 진심으로 그녀를 축하해줬다. 보통 검사지를 받으면 자신의 낮은 척도를 확인하고 잠시 비관한 다음 현재의 삶에 만족하거나 현재의 어려움을 합리화하는 경우가 많은데, 그녀는 자신을 변화시키기 위해 노력했기 때문이다. 무엇보다 나를 사랑해야 남을 사랑할 수 있다는 조언을 잊지 않고, 자신을 다독이고 안아주면서 자아개념을 높여서 정말 기뻤다.

그녀는 앞으로 더 나아지고 좋아질 것이다. 그녀는 앞으로도 자신의 행복을 위해 더 노력할 테니까. 삶에서 노력은 정말 중요하다.

내가
나에게

누구나 행복한 때가 있다.
그리고 그 기억이
나에게 살아가는 힘을 준다.

심리극 워크숍 시작 단계에서 참가자들에게 한 가지 주제를 던져서 그에 맞춰 줄을 서보게 한다. 예를 들면 태어난 날짜에 따라 한 줄로 서게 하거나 집에서 워크숍 장소까지 걸리는 시간 순으로 줄을 서보게 한다. 그러면 처음 만난 사람들끼리도 간단한 정보를 주고받으며 이동하는 사이 더 편하게 느끼게 된다.

사람들끼리 어느 정도 얼굴을 익히면, 워크숍 공간의 한쪽 끝을 탄생 지점으로 하고 다른 한쪽 끝으로 갈수록 나이를 먹어가는 것으로 가정한 뒤, 살아오면서 가장 행복했던 지점에 서보라고 한다. 현재 학교 아이들과 행복한 생활을 하고 있다며 자기 나이에 해당하는 지점에 선 사람도 있고, 결혼하고 신혼을 보냈을 때, 첫 발령을 받았을 때, 임용에 합격했을 때, 대학 시절 자유롭게 세상을 즐겼을 때, 아무 생각 없이 공부만 했던 고등학생 때, 자유롭게 하루 종일 놀곤 했던 초등학생 때 등 각자의 행복 지점에 서서 웃음꽃 피는 이야기를 나눈다. 이야기를 듣는 것만으로도 어느덧 입가에 미소가 자리한다. 우리에겐 누구나 행복한 때가 있다. 그리고 그 기억이 나에게 살아가는 힘을 준다.

행복한 시절에 대한 이야기를 충분히 나눈 다음에는, 살아오면서 가장 힘들었던 시절에 서보도록 한다. 의외로 많은 사람들이 교사가 되었거나 생계로서의 일을 시작한 지점에 선다. 저경력 시절, 재수를 했을 때, 사랑하는 사람과 헤어졌을 때, 부모의 사업이 실패했을 때, 다투는 부모 밑에서 자라던 때, 누군가의 죽음으로 슬퍼했던 때 등 여러 아픔을 만나게 된다. 한 사람, 한 사람의 이야기를 들으며, 그런 힘든 일이 있었음에도 잘 이겨내고 현재를 살아가고 있는 자기 자신에게 '잘하고 있다'고 다독여주도록 한다. 그 어려웠던 시절을 거쳐 '지금'을 살고 있으니, 스스로에게 세상을 이기는 힘이 있다는 것을 알려준다.

시간적 여유가 있을 때는 심리극 주인공을 선정하기도 한다.

힘든 시간을 보내고 있는 현재의 나를 세워놓은 뒤, 과거로 돌아가 가장 행복했던 때를 다시 경험해보는 심리극을 진행하는 것이다. 자유, 사랑, 행복 등을 충분히 경험한 후에 과거의 나와 현재의 나를 만나게 한다. 과거의 행복했던 나가 현재의 나에게 조언한다.

> "괜찮아. 넌 잘할 수 있어. 넌 혼자가 아니야. 지금 이 순간이 너의 모든 것은 아니야. 날 바라봐."

라고, 나를 설득하고 위로하고 격려한다. 심리극 주인공이 하는 말을 듣는 우리도 각자 자신을 다독이게 된다.

행복했던 때, 행복을 느끼게 해준 사람들을 떠올려본다. 눈을 감고서 내 등 뒤에 그들이 서 있고, 그들이 내 등에 따뜻한 손을 대고 있다고 생각하자. 내가 그들이라 생각하고 힘들어하는 나에게 따뜻한 말로 힘을 주자.

"잘하고 있어. 그리고 잘될 거야. 지금의 아픔이 널 대표하지는 않아. 따뜻하고 좋았던 그 순간이 네게 있음을 잊지 마."

－ 와 ＋

일상에서 우리가 만나는 여러 일은 일종의 자극이다. 각자의 패턴에 따라 특정 감정을 조금 더 많이 만나고, 사람에 따라 감정이 몸과 결합하는 정도가 다를 뿐이다. 좋은 것을 더 많이 받아들이고 내게 해가 되는 것은 선별해나가면 좋겠지만, 나도 모르게 무작위로 많은 것을 받아들인다. 무엇을 많이 받아들였는지를 알려면 내 몸 상태를 확인해보는 것이 좋다.

컴퓨터 앞에 앉아 일할 때면 어깨가 살짝 올라가 있는 것을 느낀다. 조금 더 오래 앉아 일하다 보면 목과 어깨가 아파온다. 답답하고 하기 싫은 일을 억지로 해야 할 때는 이마 위쪽의 머리 안이 지속적으로 띵하면서 통증이 느껴진다. 고민이 많을 땐 속이 울렁거리면서 위와 장이 경직된다. 그럴 때면, 하던 일을 모두 멈추고 몸을 회복시키는 것을 최우선으로 한다. 몸 상태를 불편하게 한 자극이 무엇인지 찾아본다.

내 몸이 좋지 않은 자극 때문에 불편해진 거라면 그와 반대되는 것으로 상쇄시킨다. 피아노 앞에 앉아 코드 반주에 맞춰 좋아하는 노래를 하거나 기타 연습을 하고 나면 저절로 몸과 마음이 풀린다. 화가 날 땐 피트니스 센터에 가서 평소보다 조금 더 무거운 중량으로 근력 운동을 하고, 더 많이 걷고 달리고, 샤워를 한다. 생각이 많을 땐 몰입도 높은 영화를 본다. 때론 감동적인 영화를 보면서 내 안의 감정 색을 바꾼다.

몸이 불편하고 스트레스 상황이라면, 즉 −라면 내 몸과 마음을 다독이는 행위인 +로 덮어보자. 그러기 위해서는 내게 + 작동을 하는 것을 찾아보는 게 먼저이고, 체념보다는 나를 편안하게 하기 위해 무엇이라도 하려는 노력이 필요하다.

직접 내 삶에 적용해보니, −에 해당하는 것은 짧지만 강렬하게 작동해 순간적으로 내 몸과 마음을 망쳐놓지만, +에 해당되는 것은 더 많은 시간과 노력이 필요했다. 그러므로 − 자극이 들어오면, 넙죽 먹는 것이 아니라 흘려보내는 요령과 시스템 구축이 중요하다. 그에 못지않게 − 자극이 들어오는 순간을 알아차리는 것도 중요하다.

종이를 펼쳐놓고, 내 몸을 변화시키는 −와 + 목록을 만들어보자. 그리고 몸과 마음이 불편해지는 순간이 있을 때는 +로 날 살리고, +가 되는 순간은 충분히 즐기고 기억했다가 −가 되는 순간 그 기억을 꺼내어 나를 살려보자.

정기
검진

병원에서 정기 검진을 받는 것처럼,

마음도 정기적으로 검진하자.

남에게 도움을 주기 위해선, 내 마음이 먼저 건강하고 안정되어
야 한다. 내게 심리적인 문제가 있으면서 남에게 상담과 심리치료
로 도움을 주겠다는 것은 위선이기 때문이다. 내 상태를 정확하게
파악하고 내 마음을 다독이고 위로하는 것이 먼저이며, 내 마음이
건강하도록 꾸준히 관리하는 것이 중요하다. 그래서 나는 내 마음
을 정기적으로 검사하면서 살고 있다. 우리가 병원에서 몸의 이상
을 알아보기 위해 정기 검진을 받는 것처럼 사람의 마음도 정기적
으로 검사하는 것이 당연하다.

6개월에 한 번씩 림스연구소의 LCSI 성격검사를 통해 내 상태를 확인한다. 검사지 속 그래프 수치를 확인하면서 내 삶의 안정성을 살펴본다. 나는 상담 자격증도 있고 대학원에서 관련 공부도 한지라 전문가용 검사 리포트를 추가로 이용할 수 있다. 이를 통해 내 심리적인 부분인 우울, 불안, 심약성, 충동성, 과잉긴장, 자기과시, 타인통제, 공격성, 반사회성, 신경쇠약, 망상, 정신증 등의 상태를 살펴본다.

그리고 2년에 한 번씩 마인드프리즘의 '내마음보고서'로 내 상태를 확인한다. 이 검사는 MMPI-2를 기반으로 문장완성검사, 여러 투사검사 등을 종합해 내 마음의 상태를 알려주기 때문에 LCSI 검사를 보완해준다. 5가지 심리 코드를 통해 마음의 빛과 그림자를 자세하게 설명해주고, 스트레스 수준과 스트레스 반응 지수를 심리와 신체별로 구분해 확인할 수 있다. 그뿐 아니다. 우울증 등 정신질환 관련 분석 결과까지 확인할 수 있다. 시간이 조금 걸리긴 하지만, 검사 결과가 나만을 위한 따뜻한 책 한 권으로 예쁘게 제작되어 도착하고, 상담센터나 병원에 가지 않아도 비슷한 검사 결과를 만날 수 있어서 더욱 좋다.

이렇게 내 마음 상태를 살펴보고 난 후에는 이전의 검사 결과와 비교해본다. 좋아진 부분에 대해서는 내가 나에게 잘했다고 칭

찬해주고, 척도가 낮아진 부분에 대해서는 괜찮아질 거라고 토닥토닥 격려해준다. 심리적 불편함 부분이 늘어났다면 그렇게 된 사건과 원인 관계를 찾아본다. 그런 다음 운동 시간을 늘리거나 외부 활동을 조절하는 등 내 삶을 조금 더 안정적으로 만들 방법을 찾아 실행한다. 혼자 힘만으로는 부족하겠다는 판단이 설 때는 나를 다독여줬던 상담센터로 가서 전문가의 도움을 받는다.

이 모든 것은, 나를 위한 것이기도 하지만 내 가족과 교실을 위한 것이기도 하고 내가 다독여줄 누군가를 위한 일이기도 하다. 내 마음이 건강하면 자연스럽게 내 주변에 건강한 기운을 퍼뜨릴 테니 말이다. 병원에서 정기 검진을 받는 것처럼, 마음도 정기적으로 검사하면서 살자.

만나지
못한 A

이 책을 써 내려가며 A가 떠올랐다.

"오늘 형이 정말 생각났어. 오늘 볼 수 있어?"

저녁 즈음, 함께 공부하는 모임의 후배 A에게서 갑작스럽게 전화가 왔다. 하지만 상담센터에서 심리극을 밤 10시까지 진행하기로 일정이 잡혀 있었던 터라 만나기 어려운 상황이었다. 후배에게 미안하지만 다른 날 만나자고 하고 전화를 끊었다.

사실 얼마 전, 그가 내게 요청한 성격검사와 심리검사에 따르면 그는 많이 지쳐 있는 상태였던 데다 휴대전화 너머에서 들려오는 그의 힘 빠진 목소리에, 건성으로 만나면 안 되겠다는 생각이 들었다. 나는 시간적 여유를 갖고 더 진지하게 만나서 검사 결과를 설명해주고 위로해주어야겠다고 생각했다.

그런데 며칠 뒤, 학교에서 근무하던 중, 휴대전화 알림으로 소식 하나가 올라왔다.

'A 선생님이 세상을 떠났습니다.'

그 순간 A의 전화가 떠올랐다. A에게서 걸려온 전화.

겨우 정신을 차리고 그 소식을 전한 이에게 전화를 걸었다. 알아보니, A는 근무 중에 힘든 일을 겪게 되었고, 그 상황을 견디지 못하고 스스로 목숨을 끊었다. 이런 젠장. 눈물이 났다.

A가 근무했던 학교에서 일어난 일, 그곳에 자리한 관계와 사람에 대한 이야기를 하나씩 전해 들으면서 자꾸 A의 전화가 떠올랐다. 그날 내가 그를 위해 내 삶의 일부를 내어줬다면 A의 삶은 어떻게 됐을까? 미안하다, 정말….

그리고 지금, 내 주변 사람을 더 살펴보고 챙기기, 멀리 있는 사람보다 가까이에 있는 사람을 더 위로하기, 그리고 미움과 비난과 다툼을 내려놓고 사람을 더 이해하며 살기. 이런 생각들을 더 하면서 세상을 살게 됐다.

이 책에 적어놓은 이야기는 내 삶의 일부이자 과거의 기록이다. 과거의 이야기이기에 부끄럽기도 하다. 내 삶이 조금씩 변해가듯 이 이야기들이 누군가에게 도움이 되길 바라는 마음을 담았다. A의 손을 잡아주고 싶은 그런 마음으로.

이 책의 모든 것이
당신에게 위로와 격려가 되길 바라며
두 손 모아 서준호 드림.